夢の夢

鎌倉河岸捕物控〈十五の巻〉

佐伯泰英

時代小説文庫

角川春樹事務所

目次

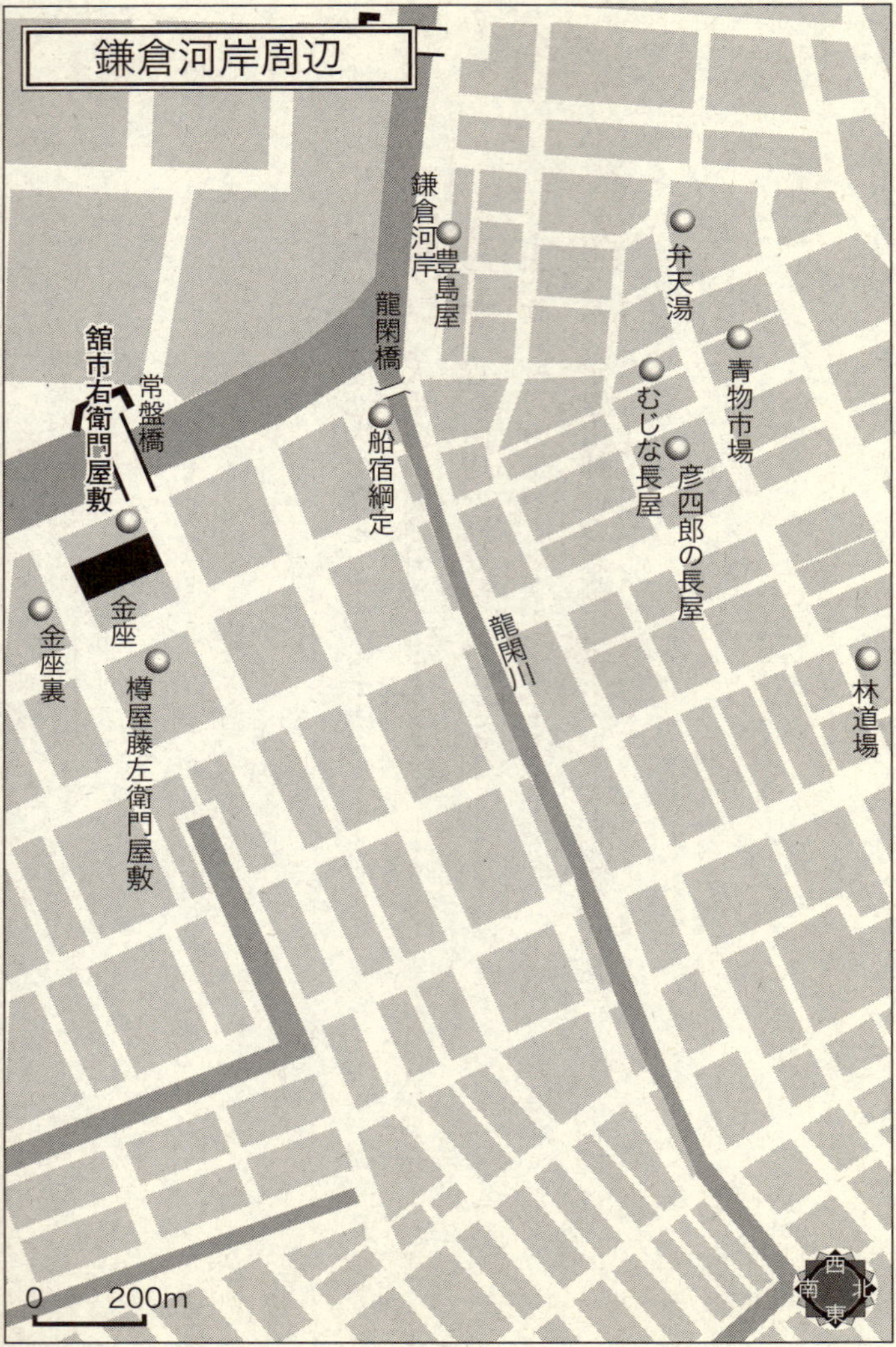
鎌倉河岸周辺
鎌倉河岸
豊島屋
龍閑橋
弁天湯
青物市場
むじな長屋
彦四郎の長屋
船宿綱定
舘市右衛門屋敷
常盤橋
金座
金座裏
樽屋藤左衛門屋敷
龍閑川
林道場
0　200m
西
南
北
東

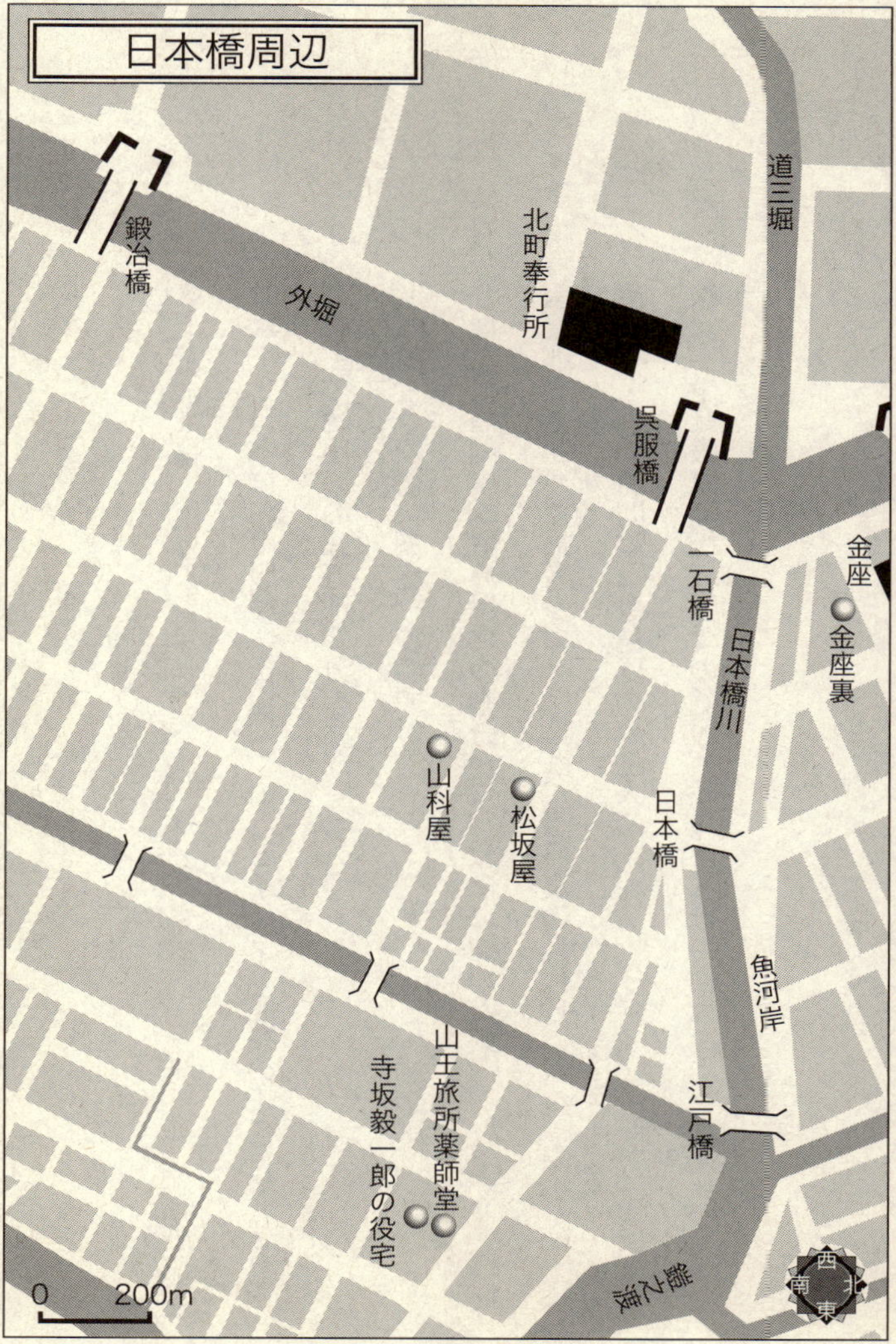

日本橋周辺
鍛冶橋
外堀
北町奉行所
道三堀
呉服橋
一石橋
金座
金座裏
日本橋川
山科屋
松坂屋
日本橋
魚河岸
江戸橋
山王旅所薬師堂
寺坂毅一郎の役宅
鎧之渡
0
200m
西
北
東
南

●主な登場人物

政次……日本橋の呉服屋『松坂屋』のもと手代。金座裏の十代目となる。

亮吉……金座裏の宗五郎親分の手先。

彦四郎……船宿『綱定』の船頭。

しほ……酒問屋『豊島屋』の奉公から、政次に嫁いだ娘。

宗五郎……江戸で最古参の十手持ち、金座裏の九代目。

清蔵……大手酒問屋『豊島屋』の主人。

松六……呉服屋『松坂屋』の隠居。政次としほの仲人。

夢の夢

鎌倉河岸捕物控〈十五の巻〉

第一話　妻恋坂の女

一

この日、江戸は暦よりだいぶ季節が早く進んだようでまるで真夏の陽気だった。彦四郎《ひこしろう》が屋根船を富岡八幡宮《とみがおかはちまんぐう》の船着場に着けたのは夕暮れ前の七つ半（午後五時）の頃合いだ。

客は船宿綱定《つなさだ》の贔屓《ひいき》の、魚河岸《うおがし》の旦那と若い衆だ。季節を先取りして暑気《しょき》払いとばかり四人の面々がまず柳橋《やなぎばし》際に屋根船を着けさせ、芸者衆と三味線《しゃみせん》弾きを乗せて、大川に出ると舳先《へさき》を上流に向けさせた。むろん用意した酒、料理を積み込んでの船遊びだ。

浅草《あさくさ》川とも呼ばれる隅田川の流れから浅草寺《せんそうじ》の五重塔がおぼろに見えた。

一刻《いっとき》（二時間）後、賑《にぎ》やかに三味線が掻《か》き鳴らされる中、船は鐘《かね》ヶ淵《ふち》付近で舳先を転じて下流へと向けられた。竹屋の渡しを越えたところで船は本所《ほんじょ》深川を南北に貫く横川へ向かう源森川に入るように命じられた。

彦四郎は櫓《ろ》を大きく使いながら船が揺れないようにして悠然と進めた。

舳先には見習い船頭の早吉《そうきち》が棹《さお》を片手にすれ違う船を見張っていた。むろん彦四郎のことだ。舳先の見習いから注意を受ける前に、必要と思ったときは船の位置を客に分からないように変えていた。

なにしろ彦四郎は、

「半鐘泥棒《はんしょう》」

と鎌倉河岸《かまくらがし》界隈《かいわい》で知られた長身だ。屋根ごしに水上の出来事は見通しだった。

だが、見習い船頭に江戸の河川の、干満の時間で大きく変わる流れや浅瀬や中洲《なかす》や船着場などを教えこむために舳先に立たせ、

「兄い、荷足《にた》り船だ」

「右手の土手に肥え船が止まってるぜ」

「木場《きば》へはこぶ筏《いかだ》がくるぜ」

とか、客の耳ざわりにならない声で報告させていた。

魚河岸の連中だ、すべてを心得ての船遊びだ。

彦四郎の船を横川から深川の木場にぶつかるまで進ませると、江戸湾からの潮の香

りが漂う木場の南の端で西へと折れさせた。左手には茅《ちがや》が生える洲崎《すさき》から海辺新田が広がり、その向こうからかすかに潮騒が伝ってきた。

屋根船は富岡八幡宮の船着場に着いた。

「彦四郎、ちょいと待ってな。仲間を待たせているんだ、磯清《いそせい》でひと騒ぎしてくらあ」

と船着場に彦四郎と早吉を残して、魚河岸の面々が陸に上がった。

寛永《かんえい》年間に創建された富岡八幡宮の祭神は応神天皇で、油堀南岸と呼ばれていた地域に鎮座していたが、当時は、

「とみがおか」

と呼ばれていた。

別当は真言宗大栄山金剛神院永代寺《えいたいじ》である。

寛永十三年（一六三六）に大規模な社殿を造営して府内一の大社になった。氏子《うじこ》は地元の本所深川は言うに及ばず、隅田川の対岸の霊岸島《れいがんじま》、箱崎、新堀辺り、百十余町に広がっていた。

深川八幡とも呼ばれる界隈は海川に接して江戸前の魚や本所深川の鰻《うなぎ》、泥鰌《どじょう》を食べさせる料理屋には事欠かない。

彦四郎は早吉に命じて飲み残した酒、料理を片付けさせ、自らも堀の水で屋根船の中を綺麗《きれい》に掃除した。

魚河岸の連中が陸に上がって半刻もしたか、料理茶屋の男衆が顔を見せて、

「綱定の彦四郎さんだね」

と尋ねた。

「いかにも彦四郎だが、なんぞ用かえ」

「魚河岸の兄い連からの言付けだ。今晩は夜っぴいて花札だと。船を龍閑《りゅうかん》橋に戻していいってよ」

「ふん、仲間に会って気が変わったかね」

「まあ、そんなところだ」

「ならば船を船宿に戻すが、いいかね」

と念を押した。

「あっそうそう、半鐘泥棒の船頭さん、忘れていた。船遊びのお代は明日若い衆に綱定さんに届けさせるとさ」

「馴染《なじ》みの客だ、そんなこと心配するものか」

料理茶屋磯清の男衆が富岡八幡宮の船着場の石段を上がって姿を消した。

江戸時代、寺社仏閣のお参りは季節の遊びと兼ねて賑やかにおこなわれた。とくに富岡八幡宮は船で鳥居前までいけた。その上、江戸前の魚料理を賞味できるというので年寄り、女衆にも人気の寺社だった。そんなわけで参拝客を目当てに門前町に魚料理を売りにした大小の料理茶屋が軒をならべていた。

だが、そんな料理茶屋の客も薄暮をむかえて、もはや帰路についていた。

彦四郎が屋根船を着けたときには猪牙舟《ちょきぶね》や屋根船が無数止められていたが、それらもいつしか姿を消して彦四郎の屋根船だけになっていた。

「早吉、提灯《ちょうちん》に明かりを入れねえ」

「火はどうすればいい」

「機転を利かせるのも船頭の心得のひとつだぜ。ほれ、石段を上がったところに番屋の明かりが見えよう、貰《もら》い火してくるんだよ」

あいよ、と十六の早吉が提灯を手に石段を駆け上がっていった。

彦四郎は今一度屋根船の中を見回して、満潮に差し掛かる大川を斜めに切り上がるとき、倒れるものがないか確かめた。

石段の上に人影が立った。

「彦兄い」

と早吉の困ったような声が船着場から響いた。

「番屋に人がいなかったか」

彦四郎は舫《もや》い綱を解《ほど》きながら船着場を見もせず応じていた。

「そうじゃねえ、お客人だ」

「なにっ、魚河岸の兄い連、また心変わりか」

「船を探しておられるお人がおられるんだよ」

「貸し切りの屋根船だぜ。流しの猪牙を探しなとお断り申せ」

「それが」

と早吉の返事が煮え切らなかった。

「どうした」

彦四郎は解いた舫い綱を手に立ち上がったが、船は水底に立てた棹で固定していた。

船着場の上に小女《こおんな》を従えた女が立って彦四郎を見下ろしていた。

「真《まこと》に恐れ入ります。永代寺の寺中の一つでお籠《こも》りをしている内に刻限を失してしまいました」

霰模様《あられもよう》の小紋の裾《すそ》から古瓦《こがわら》模様の襦袢《ジュバン》を覗《のぞ》かせ、市松《いちまつ》柄の帯を締めた女は二十前後か、薄闇《うすやみ》の中でも匂《にお》い立つような美形であった。

彦四郎は一瞬にして女に目を奪われていた。

（大店《おおだな》の主《あるじ》か番頭の持ちものか）

彦四郎はそう見当をつけた。

「そいつはお気の毒だ。だがよ、今日は魚河岸の連中の貸し切り船だ。まあ、兄い連がこの地に残って花札でもめくろうてんで、船宿に戻っていいって許しは得ている。だが、猪牙なら別だが帰りの屋根船に客を乗せたとなりゃあ、聞こえも悪いし、綱定の看板にかかわらあ。どこか猪牙はいねえかえ」

と彦四郎が辺りを見回したが一艘《そう》もいなかった。

「船頭どの、失礼ながら船賃は酒手《さかて》をつけて支払います」

彦四郎は町人の妾《めかけ》じゃない、旦那は武家だと小紋を着こなした様子と言葉遣いで気付かされた。

縞《しま》と小紋は江戸の二大模様だ。

多様多彩な縞柄は庶民の女衆の間に広まり、小紋は武家の継上下《つぎかみしも》から武家の女たちの召し物と広く愛用された。

「お客人、そいつが困るというのさ。綱定は貸し切り船で商売したって評判をさ、うちの親方が嫌われるんだ」

と応じた彦四郎の頭に考えが湧《わ》いた。

「どちらまで戻りなさる」

「神田明神《かんだみようじん》裏にございます」

「神田川かえ。この刻限から女の足で両国橋を渡るのはさぞ難渋だろうな、乗りなせえ」

彦次郎はあっさりと前言を翻《ひるがえ》した。

「よろしいので」

「ただし客として乗せるんじゃねえぜ。難儀している女衆を二人、富岡八幡宮の船着場で拾ったんだ。それで構わねえんならお乗りなせえ」

会話をはらはらしながら聞いていた早吉が、

「石段下は水に濡《ぬ》れて滑ります、足元に気をつけなすって」

と提灯の明かりで二人の女の足元を照らして案内しようとした。

「船頭どの、船賃は取らぬと申されますか」

「いけませんかえ」

「困りました」

「船賃払われたんじゃ、おれの面子《メンツ》が立たないんだ。たのまあ、船頭助けと思って黙って乗ってくんな」

しばし女は思案していたが、笑みを浮かべた顔で自ら得心したようにこっくりと頷《うなず》き、丁寧に腰を折った。

「私どもの窮状をお助けいただき、有難うございました」

早吉が片付けた座布団を屋根船の胴の間に敷くと、

「頭に気を付けなさって」

と注意しながら船に乗せた。

女二人が落ち着くのを待って棹を外して船着場を突いて堀に出した。

彦四郎は屋根船の舳先を再び横川へと戻した。

早吉と二人ならば一気に大川河口に出て神田川まで漕ぎ上がる。だが、女二人を乗せて屋根船が大きく揺れるのは船酔いの因《もと》にもなる。もし無料で乗せた客が粗相でもして船を汚すのは面倒だ、深川の堀伝いに横川から竪川《たてかわ》に出ようと咄嗟《とっさ》に考えたのだ。

この行程ならば両国橋下を斜めに突っ切るだけで神田川に入ることができた。

そんなことを思案した彦四郎は櫓を使いながら、

「早吉、夕暮れ前から日没直後が船の逢魔《おうま》が時だ、いちばん難儀な刻限だ。よく往来する船を見張っているんだぜ」

と注意した。

「合点だ、女衆を驚かす真似《まね》はしねえよ」

と早吉が俄然《がぜん》張り切った。

すぐ傍《かたわ》らから女と接した早吉の胸をときめかすほどの美形なのだろう。

彦四郎の目にも夕闇の中、離れた場所から見ただけでもわかる稀《まれ》に見る美形と思えた。

大身旗本《たいしんはたもと》か、大名家の用人あたりの囲い者か、それにしては神田明神裏とは粋《いき》なところに妾宅《しょうたく》を構えてもらったものだぜ、と考えながら櫓を漕いでいく。

「船頭どのは江戸のお人ですね」

不意に屋根の下から彦四郎は尋ねかけられた。

屋根があるので長身の彦四郎には女の顔は見えなかった。彦四郎はしゃがんでとっくりと女の顔を拝みたい衝動を抑えて立ったまま答えていた。

「ご新造さん、いかにも公方《くぼう》様のお膝元《ひざもと》、江戸は鎌倉河岸裏の裏長屋生まれだ。とはいえ、本所深川の堀はどこもご存じだ。安心していなせえ、ちゃんと昌平《しょうへい》橋まで送り届けるからよ」

「そのようなことを案じてはおりませぬ」

「永代寺には月参りかえ」

彦四郎は船の道中に退屈したかと思い、聞いてみた。すると女からしばし返答はなく困った様子が窺《うかが》えた。

「こいつはすまねえ、立ち入ったことを聞いたようだ。船頭稼業は客を飽きさせちゃいけねえからさ、つい余計なことまで話しかけちまう。許してくんな」

「いえ、そのようなことは」

と受け応《こた》えした女から迷う様子が伝わってきた。

「兄い、猪牙がくるぜ」

「承知した」

と早吉の注意に彦四郎は答え、無灯火の猪牙舟を彦四郎の屋根船の右手ですれ違わせた。

「船頭どのは稼業に入って長いのですか」

「十三の春から船頭の見習いだ」

「十三の春」

女のオウム返しの言葉にはなにか思案しているような感じも見受けられた。

「幼馴染みの政次《せいじ》や亮吉《りょうきち》と違っておれには他に能も才もないからね、ただ滅法《めっぽう》水の上が好きなんだよ。人込みの中、日本橋なんぞ肩をぶつけ合いながら渡るより水上から見上げているほうが、なんぼか気がせいせいする。船頭になっておれの似合いの職だと思ったね。あっという間の十年だ」

「幸せにございますか」

「幸せというものがどんなものか考えたこともねえ。だが、この商売を変えようなんて思ったこともねえ」

女の問いはしばし途絶えた。

船はゆっくりと進んでいるようでいつしか横川と竪川が交わる南辻橋《みなみつじ》を潜《くぐ》り、竪川に舳先を入れた。

「船頭どのは所帯をおもちですか。あら、余計なことを」

女の口調に生まれついての武家ではない、町娘の出自《しゅつじ》が窺えた。

「嫁さんかえ、甲斐性《かいしょう》がなくてな、未《いま》だ独り者だ。そのほうがなんぼか気楽だろうぜ」

「気楽ですか」

「今のところはな」

女が笑い声を洩《も》らした。

彦四郎は小馬鹿にされたようで黙り込み、櫓を漕ぐことに専念した。

小女は船に乗り付けてないのか、大川に出ると緊張した様子が見えた。

必死で悲鳴を上げるのを堪《こら》えていた小女が、

「ご内儀様、怖いよ」

と洩らした。

他船の波をかぶり、彦四郎の屋根船が大きく左右に揺れたときのことだ。

「おしか、船頭どのの腕はたしかです、安心なされ。そのようなことより両国橋の賑わいをご覧なされ」

と主のほうは端然としたもので小女の気分を逸《そ》らそうとした。

神田川に入り、柳橋を潜ったとき、

「お二人さん、神田川に入ったぜ。安心しなせえ、もう揺れることはねえぜ」

と彦四郎は話しかけた。

「お心遣い有難うございます」

最前と異なり、船を下りる昌平橋が近付いたせいか女の口調は余所余所《よそよそ》しかった。

昌平橋は神田川が大川と合流するところから柳橋、浅草橋、新シ橋、和泉橋《いずみ》、筋違橋《すじかい》と潜り、六番目の橋だ。

彦四郎は神田川の緩やかな流れなどものともせず一気に昌平橋際の船着場まで辿《たど》り着いた。

早吉が舫い綱を結ぶ間に、

「神田明神裏はこの上だ」

と二人が船を下りるのを手伝った。

先に下りたのは小女だ。屋根の下から白い手が続いて差し伸べられ、彦四郎が介添えした。しっとりとした女の手の温《ぬく》もりが彦四郎の胸に鼓動を強く響かせた。

「彦四郎様、われらが難儀お助けいただき、お礼の言葉もございません」

彦四郎の顔の下に女の顔が現れて、匂《にお》い袋を懐に入れているのかいい香りが漂った。

真直《まっすぐ》に見た女の顔を彦四郎はどこかで見たような気がした。

「面倒ついでに橋上まで手を引いてもらえませぬか」

しばらく女の顔を見ていた彦四郎が、

「早吉、提灯を貸せ」

と見習いに怒鳴り、ぶら提灯を受け取るとその明かりで女の足元を照らしながら急な土手に刻まれた段々をゆっくりと登り始めた。

「ご新造さん、ちょいと聞いていいかえ」

「なんなりと」

「ご新造さんはおれの名を今し方呼びなさったね。早吉だって船中おれの名を一度として呼んではいねえ」

女はくすりと笑った。

「昔から忘れっぽい人だったわ」

(昔だと)

彦四郎は手にしていた提灯の明かりを足元から顔へと上げた。

細面《ほそおもて》に目鼻立ちがはっきりとして遠目で見るよりも一段と美形だった。薄く掃いた紅が女の美しさを一層艶《えん》なものにしていた。

「おれがこれほどの美形を忘れるわけもないぜ。ご新造さん、からかっちゃいけねえや」

「彦兄さん、新川裏の弁天湯で三つの私を湯に使わせてくれましたっけ。その私を湯屋に忘れて長屋に帰りなさった」

「待て、待ってくれ」

突然の女の言葉に彦四郎の頭は混乱した。

「彦兄さんは、おめえはぶすだ、嫁の貰い手があるめえ。そんときは秋乃《あきの》を嫁にしてやるといつも約束してくれましたっけ」

「左官職の正三郎《しょうざぶろう》さんの娘、秋乃か」

「はい」

と女が神田川の土手で頷き、

「なんてこった」

と彦四郎が自分の迂闊《うかつ》を嘆くように呟《つぶや》いた。

二

天明五年（一七八五）の夏の朝、親父《おやじ》の武吉《ぶきち》が突然、

「彦、普請場に連れていってやる」

と起き抜けの彦四郎に言い出した。その話は夫婦の間では昨夜から決まっていたと見え、

「彦四郎、父ちゃんとおまえの分の弁当だよ」

と母親のなみが彦四郎に風呂敷包みを差し出した。

たしかに彦四郎は左官職の武吉に普請場に連れていけと何度かせがんだことがあった。まさか急にその日が来るなんて、驚きを隠せないでいた。

「いくのかいかないのか」

「いくよ、お父っつあん」

と叫び返した彦四郎は、

「弁当はあとだ、おっ母」

と急いでむじな長屋の井戸端に飛んでいった。顔を洗うためだ。

江戸の朝は早い、まして職人は、

「子《ね》に臥《ふ》し寅《とら》に起きる」

のが仕来《しきた》りだ。どこも普請場は明六つ半（午前七時）には始まった。

明六つ前の井戸端で朝顔が花を咲かせていた。

「彦四郎、えらく慌ててどうしたえ。寝小便して親父に怒られたか」

「亮吉、おめえじゃねえや。お父っつあんに普請場に連れていってもらうんだよ」

ひょろりとして手足が異様に長く大きな彦四郎が胸を張った。

「ふーん、七つの年から壁土こねか、ご苦労なこったぜ。おめえはなりがでっけえし、足だけは大人なみに大きいや。土こねにゃあ、うってつけだ」

亮吉が悪態をついた。

同じ七歳だがこちらはまるで背丈が違う。亮吉の小さな頭は彦四郎の胸の高さしかない。その代わり口は大人なみに悪い、汚い。

「うらやましいか」

「うらやましかねえや」

二人が言い合うところに政次が手拭《てぬぐ》いを提げて姿を見せた。

「政ちゃん、彦四郎の奴、親父に連れられて普請場で土こねだと」

政次が彦四郎を見て、

「よかったな、彦四郎。前から親父の普請場を見たいと言っていたものな」

三人の中で政次の口調は落ち着きが感じられ、七つとは思えないほど大人びていた。

鎌倉河岸裏のむじな長屋で安永七年（一七七八）の春から夏にかけて三人の男の子が生を享《う》けた。

棟割《むねわり》長屋八軒で三人の赤ん坊が同じ年に生まれるなんて珍しかった。その上、生まれた子が揃《そろ》いも揃って男子だったのだ。そこで、

「むじな長屋はどこもかかあ天下でよ、亭主の首っ玉をぎゅっと抑えつけているからよ、男ばかり授かったんだぜ」

と近所の長屋の連中が悪口を言ったほどだ。

最初に春先に政次が、続いて初夏の候に彦四郎が、最後に晩夏にかかり、亮吉が生

まれた。政次と彦四郎の父親は出職《でじよく》と居職《いじよく》の違いはあったがどちらも職人でそれなりに安定した稼ぎがあった。一方、亮吉の親父の銀平《ぎんぺい》に長屋で、

「のんだくれ」

と呼ばれるくらい酒好きのなんでも屋だった。俗に力仕事と呼ばれ、左官の手伝いだろうが、もっこ担ぎだろうが声がかかればなんでも日銭《ひぜに》稼ぎにいった。むろん仕事を真面目《まじめ》にしているときは一家三人食うに困らない。だが、銀平が羽目を外して酒に手をつけたとなると三日でも四日でも酒びたりの日々を過ごすことになった。そんなわけで三人の家の中では亮吉のところだけがぴいぴいしていた。

一方、彦四郎と政次の親父は左官と飾《かざ》り職人だ。親方のところで修業を積み、年季を重ねただけに日当もそれなりに高い。だから、亮吉のところの内所よりはるかに安定していた。

「彦、いつまで井戸端で喋《しゃべ》ってんだ、おいていくぞ」

と長屋からどやされて彦四郎が慌てて、

「父ちゃん、待ってくんな、いまいくからよ」

と草履をばたつかせて井戸端から去っていった。その場に残されたのは政次と亮吉だけだ。

「ちえっ、七つの年から土こねがそんなに楽しいかね。おりゃ、頼まれてもお断りだ」

亮吉の口調には羨《うらや》ましさがにじんでいた。

「亮吉、武吉さんは彦四郎に早めに手に職をつけさせようとしていなさるのだ。あまり土こねだ、なんだと言うのはよしな」

「だってよ、左官の見習いなら土こねじゃねえか」

亮吉が悪態を重ねた。

「亮吉、おまえはなにになりたいんだ」

政次が亮吉に聞いた。

「はあ、この年でよ、なにになりたいだなんて考えてねえよ。政ちゃんは決まっているのか」

政次はしばらく黙っていたが、

「おれは職人にはならない」

と宣言した。

政次は両親にも漏らしたことのない秘密を亮吉に告げた。口にすることで気持ちを固める、その響きがあった。だが、それ以上のことは口にしなかった。

「おめえんちは飾り職人じゃねえか、あとをつがねえのか」

「つがない」

「なにになりたいんだ」

「今は言わない」

と政次が決心をかためた顔で答えたとき、彦四郎が弁当の入った風呂敷包みを下げて親父の後ろから姿を見せた。どことなく得意げだ。

「ちえっ」

亮吉がまた舌打ちし、彦四郎はむじな長屋の木戸口のところで振り向くと政次と亮吉に小さく手を振った。

「土こねの手伝いがそんなにうれしいか」

「亮吉、言っちゃいけないよ」

と政次が注意する低い声が井戸端に響いて、朝の光がむじな長屋に差し込み、紫色の朝顔が露に光った。

この日、武吉が倅《せがれ》の彦四郎を伴った普請場は新川沿いの酒問屋伏見屋《ふしみや》伝兵衛《でんべえ》方の離れ家の新築現場だ。

新川は亀島《かめしま》川の支流で、日本橋川に平行してその南を流れ、大川へと合流していた。この合流部は大川河口と呼んでもいいほどで、江戸湾に帆を休めた千石船が望めて、積荷が直ぐに荷船で運び込まれる好適な立地であった。

そのせいか新川河岸には下《くだ》り酒問屋《ざけどんや》が軒を並べ、酒蔵が櫛比《しっぴ》していた。ために新川は下り酒問屋の代名詞でもあり、内所の豊かな大店ばかりが並んでいた。

長さ五丁二十四間（約五八八メートル）、川幅六間から九間の堀を、酒樽《さかだる》を積んだ荷船が往来していた。

二ノ橋南詰めに店を構えた伏見屋伝兵衛方は、酒問屋の中でも大店で蔵も三戸前もあった。その庭に隠居所の離れを造作するというので、武吉は半月前から通っていた。

武吉の棟梁《とうりょう》、三ノ輪《みわ》の惣兵衛《そうべえ》は名人気質《かたぎ》の頭で、

「利休壁を塗らせたら江戸一」

と評判の腕前だった。年齢はすでに初老に達し、倅の四代目が現場を任されていた。

だが、古いお得意様には、

「三代目」

の存在は大きく、毎朝三ノ輪から倅や職人を乗せた猪牙舟で新川に通ってきた。現場に入った武吉と彦四郎の親子に目を留めた惣兵衛棟梁が、

「おっ、彦を連れてきたな」

と笑いかけた。その傍らに三つくらいの女の子がいた。

「彦四郎、おめえは秋乃の子守だ。施主《せしゅ》様の商いの邪魔にならないように、普請場の職人衆の迷惑にならないようによく面倒をみるんだぜ」

と棟梁が言った。

「棟梁、おれがお父っつあんに連れてこられたのはこの娘の面倒をみるためか」

「いやか、彦四郎」

娘が上目遣《うわめ》いに彦四郎を見上げた。どことなく暗い光を宿した眼《め》だった。

「いやじゃねえけどね、おれ、左官の手伝いかと思ったぜ」

「彦、仲間の一人がわけあって娘を連れて仕事に出なきゃあならない羽目に陥ったんだ。おれたちの仕事は助け合いだ。おれの家に預かろうと考えたんだがな、正三郎は目のとどくところに娘を置いておきたいというんだ。そこで伏見屋のご隠居にお断りして普請場に連れてきたんだが、なにしろ三つだ。日がな一日独りでいるのは退屈とみえて、親父の手を煩《わずら》わしやがる。まあ、三つの娘だ、致し方ねえ。そこでよ、彦、おまえのことを思い出したってわけだ。おめえ、なりは大きいが心根がやさしいや。この普請が終わるまでおあきの面倒を見てくれれば、この惣兵衛が褒美を考えようじやないか」

と名人と呼ばれる棟梁が七つの彦四郎にことをわけて話してくれた。

「棟梁、おれにできるかな」

彦四郎は暗い眼差《まなざ》しの娘を見た。

秋乃は彦四郎の視線を受け止めて、こちらの様子を窺っていた。

「おめえならできる。大工だろうと左官だろうと最初におぼえることは辛抱の二文字だ。秋乃相手にしとげてみねえ、あとが楽になるぜ」

「やる、やってみるよ」

と彦四郎は惣兵衛の頼みを受け入れた。

広い普請場の一角に彦四郎と秋乃の二人になった。

「秋乃、おれの名は彦四郎だ。なんぞこまったことがあったらいいな」

彦四郎の言葉を秋乃は、
ふん
と鼻先で応じた。

「秋乃、おめえのお父っつあんはどこにいなさる」

「…………」

秋乃は彦四郎がなにを聞いても答えない。

「難儀な娘だな、おれをあんまりよ、こまらせないでくれよ」

秋乃が突然普請場を離れて伏見屋の裏口から新川河岸に出ていこうとした。普請の材木などを運び入れるために裏口が路地横に開けてあったのだ。

「秋乃、外に出たら迷子になるぜ」

彦四郎は慌てて秋乃のあとを追った。

秋乃は二ノ橋の上にいた。

彦四郎は足を止めてその様子を見た。秋乃は笹舟《ささぶね》を流れに落としていた。そして、笹舟が橋の下に姿を消すと反対側の欄干に走り寄った。

一旦姿を隠していた笹舟が姿を見せて、ゆらりゆらりと三ノ橋へと流れていった。

「笹舟、だれが作ったえ」

父親が普請場で働く間、こうして日を過ごしていたのか。

新川に夏の光が落ちて河岸の柳の枝葉を掠《かす》めて燕《つばめ》が飛んでいる。伏見屋を始め、酒問屋では荷舟に酒樽を積んで出荷作業が始まっていた。

秋乃が上流側の欄干に走り、懐からまた別の笹舟を出した。どうやら懐にはいくつもの笹舟が入っている様子だ。

「秋乃、おれにも一つ貸してくんな、競走をしようじゃないか」

秋乃が嫌々をするように顔を振り、

「お父っつあんが拵《こしら》えた笹舟だからだめ」

と断りの理由を述べた。

「そうか、お父っつあんが拵えた舟か。ならば、おれは柳の葉を流すぜ」

彦四郎は河岸に生えている糸柳の葉を何枚かむしり、それを筏に組み合わせて秋乃に見せた。

「いいな、一、二の三で同時に手を放すんだぜ」

秋乃はその気になったようで欄干に顎《あご》を乗せて片手を流れに突き出した。

彦四郎も糸柳の筏舟を虚空に差し出した。

「一、二の三」

笹舟と柳筏がくるくると舞いながら新川の水に落ちた。先に落ちたのは柳筏だ。だが、その場にしばらく留《とど》まる様子を見せた。

軽い笹舟は一拍遅れて水に浮かび、こちらも流れに乗り切れずくるくると回った。

新川に荷舟が入ってきて下流から複雑な波を押しあがらせたからだろうか。それでも流れが落ち着くとほぼ同時に笹舟と柳筏は流れに乗って、橋の下へと消えた。

秋乃と彦四郎は同時に反対側の欄干に走った。

「秋乃、おれの柳筏が先にくるぞ」

秋乃が顔を横に振り、

「お父っつあんの作った笹舟や、だれにも負けへん」

と言い切った。その言葉にはときに上方訛《かみがたなま》りが混じった。

「おれの柳筏が勝ったらどうする」

「お父っつあんの笹舟は負けへん」

「勝負ごとだ、どっちに転ぶかわかるもんか」

彦四郎は入堀や鎌倉河岸の船着場を遊び場にして育ってきたのだ。水を使って遊ぶことには慣れていた。

秋乃と彦四郎が橋の下から先に現れるのが笹舟か糸柳で作った筏舟か、一心不乱に覗き込んだ。

「どっちも姿を見せねえぞ」

「笹舟、こい」

長い時間が流れて不意に柳筏がゆっくりと姿を見せた。

「あっ」

秋乃が悲鳴を上げた。

「こんなことあらへん」

秋乃の表情が崩れ、涙がこぼれんばかりの顔になった。だが、必死で歯を食いしばって耐えた。

「だからさ、勝負は時の運なんだよ」

彦四郎は優しく慰めるように言った。

「お父っつあんが」

といった秋乃は絶句した。

「おい、おまえ、女の子を泣かせて面白いか」

不意に二人の背に声がした。

彦四郎が振りむくと土地の悪童三人が竹棒を握って彦四郎を睨《にら》んでいた。太った頭分は彦四郎より一つ二つ年上か。

「笹舟と柳筏の競走をしただけなんだよ」

「笹舟の競走だって」

悪童の一人が流れを見下ろし、

「達《たつ》ちゃん、こいつら競走していたんだ」

「八《はち》、余計なことを言うな」

と仲間の口を封じるようにいった悪童の兄貴分が、

「おまえ、どこのもんだ」

「鎌倉河岸裏の住まいだよ。だけど、今はお父っつあんたちが伏見屋さんの普請場に入っているんだ」

「他所もんか。新川筋では挨拶《あいさつ》するのがじんぎだぜ」

「じんぎってなんだ」

「しんざんもんでござんす、よろしくって頭さげんだよ」

「そりゃおかしいや、おれは無宿者じゃねえもの」

「言うこと聞かねえというのか、おれがヤキをいれてやろうか」

と竹棒を構えてみせた。

彦四郎も秋乃を背に回して素手で構えた。

そのとき、秋乃がつかつかと竹棒を構えた悪童の兄貴分の傍らに歩み寄り、
ごつん
と腹目掛けて不意撃ちの頭突きを食らわせた。竹棒を手から放した悪童が尻餅《しりもち》をつくと、しばらく秋乃を見ていたが、

わあぁっ！

と大声で泣き出した。

「秋乃、にげるぞ」

彦四郎は秋乃の手をひくと伏見屋の路地に駆け込み、裏口から普請が行われている庭に飛び込んだ。

「おまえ、やるな」

「秋乃、強いやろ」

小さな胸を反《そ》らして娘が威張った。

「……秋乃さん、おまえさんには最初から驚かされてばかりだ。あの出会いから何年になるね。いや、おれの前から不意に姿を消してどれほどの歳月が過ぎたんだ」

彦四郎の脳裏に秋乃との出会いが一瞬裡に浮かんだ。

二人は昌平橋の土手の段々の途中に立ち止まっていた。

彦四郎は秋乃の前にぶら提灯を差し出して歩き出した。小女は神田明神下への入り口、湯島横町で待っていた。

「おしか、先に戻って家に風を入れていて」

と小女に命じた秋乃が、

「私たちが最初に会ったときから十五、六年の歳月が流れているのよ。別れてからだって十二、三年かしら」

「そんな年月が流れたか」

と応じた彦四郎は、

「秋乃、おれだとどこで分かったんだ」

「鎌倉河岸裏の長屋育ちと答えたときよ。兄さん、今晩語り明かさない」

「おれが訪ねていって、迷惑はしないか」

「するかしないか、兄さんの目でたしかめて」

彦四郎は土手上で思案したあと、

「ちょっと待ってくれ、船を返すからよ」

と言い残すと再び土手の段々を駆け下っていった。

三

その昔、この坂は大超坂《だいちょう》と呼ばれ、大潮坂、大長坂、大帳坂とも当て字された。大超はこの辺りに住んでいた僧侶の名で明暦《めいれき》の大火（一六五七）の後、浅草に移住したという。

古書によれば、大超は浄土宗霊山寺の開山となった念蓮社禿頑と推測される。霊山寺は慶長六年（一六〇一）駿河台に創建《そうけん》され、寛永三年（一六二六）に湯島に移り、前述したように明暦の大火後にさらに浅草に移った。

それ以降この坂は大超坂と呼ばれてきたが、寺の跡地に湯島天神町にあった妻恋稲《つまこいいな》荷《り》社が移ってきたので、いつしか、

「妻恋坂」

と粋な名に変わっていった。

神田明神の北側に位置し、湯島天神の南斜面の道幅三間、長さ十三間、坂の高低差一丈（約三メートル）ほどの小さな坂だ。坂の脇には直参《じきさん》旗本御使番の三枝《さえぐさ》家などが門前を南に連ね、坂を挟んで北側に妻恋町の町屋が広がっていた。

秋乃の住まいは坂上の妻恋町の、路地を入ったところにあった。

小女おしかが慌てて戸を開け、明かりを灯《とも》したのだろう。黒板塀《くろいたべい》の小体《こてい》な家が明かりに浮かんでいた。

彦四郎は、

（秋乃はやっぱり妾だったのか）

と自分の観測があたった侘《わ》びしさと悲しみと複雑な想《おも》いで格子《こうし》の外門を潜り、秋乃が格子戸に錠をかうのを呆然《ぼうぜん》と見ていた。

「彦兄さんをとって食べようなんて考えてないわ。そう構えないで」

「秋乃、おまえにあとで迷惑がかかるようなことはしたくはない」

「私たち兄妹のように育ったんじゃなかった」

秋乃が挑むような眼差しで彦四郎を見上げた。

「やせっぽちの妹はたしかにいたさ。いや、そう思っていただけかもしれない」

「黙って私たちが姿を消したことをまだ怒っているの」

「事情があったに決まっているさ。おれには親父も三代目の惣兵衛様もなんの説明もしてくれなかった。親父はただ、正三郎一家のことは忘れろと言っただけだ」

正三郎とは秋乃の父親の名だ。武吉に言わせると、

「正三郎は渡りもんだ。腕はいいが尻が落ち着かないようじゃ、いい棟梁にはなれめえよ」

との一言で切り捨てた。

その言葉の中に職人としての格の違いとやっかみが込められていたことを彦四郎は後年理解した。

腕のいい職人の中にはいい普請場から普請場へ仕事を求めて渡り歩く連中がいた。一人の親方の下より、

「何百年と残る普請」

に携わり、技を磨きたいという一心の行動だった。

三ノ輪の三代目惣兵衛が喘息《ぜんそく》持ちの正三郎の腕を認め、

「ひょっとしたらうちに根付いてくれるのでは」

と期待し、娘を連れて渡り歩く正三郎の世話をすることになったのだ。

正三郎は梅雨の時期など季節の変わり目にしばしば仕事を休んで、岩本町の裏長屋で寝込むことがあった。古くからの職人は、

「三代目、いくら腕がよくたってよ、ああ仕事を休んじゃ頼りにならないぜ。なによりも仲間内に波風おこしてよ、棟梁の差配をうんぬんする者も出てくらあ」

と暗に面倒をみることを止《や》めるように遠回しに忠言する者もあった。

だが、名人気質の惣兵衛は正三郎の腕前が並ではないことを畏敬《いけい》の念をこめて承知していたし、聚楽《じゅらく》塗りの、

「角塗《かどぬ》り」

の技をなんとしても、

「盗みたい」

と願っていた。

正三郎は京、大坂で修業時代を過ごし、江戸にはない壁塗りの技法をいくつも修得していた。

「ご免」

「七つの秋乃になにが出来たというんだ」

秋乃が彦四郎の手を取って大きく振った。兄妹のように付き合っていた頃、秋乃が彦四郎の気を惹《ひ》こうとやった行動だった。

「彦兄さん、うちに上がってくれるの、くれないの」

格子戸の内側で思案するように立ち止まったままの彦四郎に秋乃が笑いかけた。その笑いの中に幼い日の、

「やせっぽち」

の面影を見た。

「家族が妹の住まいを見るくらいなら世間様も許してくれそうなもんじゃないか」

彦四郎の返答を聞いた秋乃がくすくすと笑って、彦四郎の大きな手を摑《つか》んで玄関へ

と招じた。

格子門から玄関まで飛び石が敷かれ、その左右にはおかめ笹が植えられて、小さな石灯籠《どうろう》が明かりを少し黄ばんだ緑の笹の上に落としていた。

玄関土間は一畳ほど、それでも式台があって畳敷きの小座敷があった。その背の壁は渋い黄聚楽壁で書が飾られていたが、彦四郎には読めなかった。壁下の細い床《とこ》の間《ま》に牡《ぼ》丹《たん》の花が活けられていた。

(旦那はやっぱり武家だな)

彦四郎は船中で感じた秋乃の武家言葉を思い出していた。

「秋乃、堀の水に時に足を浸しているがよ、一日仕事していたんだ、足が汚れていらあ」

おしか、濯《すす》ぎ水をと小女に命じた秋乃は、袖《そで》を帯の間に挟むと自ら彦四郎の足を洗う様子を見せた。

小女が盥《たらい》に水を張って運んできた。

「おれが洗う」

ふっふっふ
と笑った秋乃が、

「お父っつあんは死んだわ」

　と不意に言った。

「喘息持ちだったな」

　彦四郎が正三郎と顔を合わせたのは、彦四郎と秋乃が初めて会った日の昼過ぎのことだった。

　離れ屋の室内の壁塗りをしていたらしい正三郎がふらりと二人の前に姿を見せて、

「武吉さんの倅だってな」

　と彦四郎に話しかけた。

「秋乃の面倒をみてもらってすまねえ。わがままな娘でだれにも心を開こうとしないんだ。どうやらおめえさんとはうまが合うようだ」

　江戸言葉だが上方のはんなりとした柔らかな抑揚があった。

　細身の、頬が痩《こ》けた正三郎の肌は透けるように白かった。陽《ひ》に焼けた職人の顔色とはまるで違い、彦四郎はなぜか遊び人の顔をそこに見ていた。

「病で死んだんじゃないわ、心中よ」

「心中だって」

「そこに座って」

狭い玄関土間に立ったままの彦四郎は腰をすとんと落とした。

「おっ母さんとか」

「うちのおっ母さんと会ったことがあった」

彦四郎は十五、六年前の記憶を辿った。顔が思い出せなかった。何度か秋乃の長屋を訪ねたことがあった。

「足を盥に入れてよ」

秋乃は昔ながらの職人の娘の言葉遣いに戻って促した。

彦四郎は股引《ももひき》をたくし上げながらそっと片足を盥の水に入れた。その足先を秋乃の手が撫《な》でるように洗ってくれた。

「そういえば秋乃のおっ母さんを、おれはしらない」

「私だってどの人がおっ母さんか知らないもの。いつも女の人が変わっていたわ」

「正三郎さんに尋ねなかったか」

「尋ねたけど」

「返事はなかったか」

「ううーん、返答はいつも決まっていた。今いる女がおっ母さんだって」

「なんてこった」

「これでも私、苦労してんのよ」

「心中話はどうなった」

「足を代えて」

と秋乃が盥の足を乾いた手拭いで拭《ふ》きながら言った。

「すまねえ、見ず知らずのおめえに」

「あら、私たち、見ず知らずなの」

「うっかりした。どうしても三つ四つのおめえと目の前にいるおめえが一緒だとは思えねえんだ」

「ならばここにいる私はだれなの」

「それだ。秋乃のようで秋乃に感じられねえから落ち着かねえ。なんとも坐《すわ》りが悪くて困っていらあ」

洗った足が盥の縁に載せられてもう一方の足が水に浸《つ》けられた。

「正三郎さんの心中話はどうなったえ」

「忘れていた」

と笑った秋乃が、

「彦兄さんと出会って四年目の秋だったわ。お父っつあんがその頃一緒に暮らしていたおすみさんと一緒に梁《はり》にしごき紐《ひも》をかけて首を括《くく》って死んだのよ。私、外から戻ってきて二人がだらりとしているのを夕暮れの光の中で見た」

「見ちゃならねえ」

「彦兄さん、十何年も前の話よ、時はもどらないものよ。見たものを見ないことにするなんてできっこないわ」

「なんてこった」

「歳月が記憶を薄れさせていくって嘘っぱちよ。年を追うごとにあの夕暮れの景色は私の頭の中でふくらんでいくの」

「なんてことが」

「彦兄さん、さっきからその言葉の繰り返しね」

「おれはなにも知らされなかったぞ、今が今まで」

と彦四郎は叫んでいた。

「私、あんときの気持ち、よく覚えている。無性に寂しくて彦兄さんに会いたかった」

秋乃の瞼《まぶた》にこんもりとした涙が湧《わ》き出た。

「来るがいいじゃねえか、むじな長屋くらい探し探しこられようじゃないか」

「そう思いついたとき、長屋の人が私の背に立って、きゃあと叫んだの。それからあとのことは自分のことであっても自分ではないようだったわ」

「おれは知らなかったんだ」

「きっと棟梁と彦兄さんの親父様が話し合ってのことだと思うわ」

「糞《くそ》っ！」

と彦四郎が罵《のの》り声を上げた。

「今さら怒ってどうなるの、親父様に怒鳴り込む」

くそっ、と彦四郎はもう一度吐き捨てると、
どーん
と式台の上を拳《こぶし》で打った。

「馬鹿なことをしないの、足が綺麗になったわ。これで上がってもいいでしょ」

秋乃が彦四郎の肩に片手を突きながら式台に上がった。すると裾の間から足首が白くも艶《なま》めかしく見えた。

彦四郎は慌てて視線を逸らして、

「お邪魔していいのかな」

と呟いた。

彦四郎の胸の中でなにか獣が暴れ出そうとしていた。そいつを必死で宥《なだ》めた。

「うちの旦那と鉢合わせになったら嫌」

「えっ、今宵も顔出しするのか」

「もう分かったでしょ、秋乃が妾だって」

「船頭商売だ。なんとなく人を見る目はできているぜ」

「じゃあ、富岡八幡宮の船着場で」

「ああ、秋乃とは気が付かなかったが、他人の囲い者だって思ったぜ」

「ふーん」

と秋乃が鼻を鳴らして、さあ、こちらにと彦四郎を奥へと案内した。

次の間と奥の間が縁側越しに狭いながら凝った造りの庭に面してあった。庭の塀越しに下谷《したや》広小路から不忍池《しのばずのいけ》、寛永寺のお山一帯が眺められて、秋乃の家は坂上だけに絶景の位置に建っていた。

「旦那はなかなか凝ったお人だな」

「備後《びんご》福山藩の御用人よ、年は死んだお父っつあんより上かもしれない」

「今晩は顔出ししないのか」

「あらまだ気にしていたの」

と秋乃が笑い、

「ここに座って」

と床の間付きの奥の間に座らせた。そして、

「ちょっと待っていて」

と言い残すと台所へか、姿を消した。

（おれは秋乃のなにを知っていたのか）

彦四郎が七つの年から十一まで武吉が、

「普請場にいくぞ」

と言うときは普請場に必ず秋乃が待っていた。

この秋乃との付き合いは幼馴染みの政次にも亮吉にも言っていなかった。なんとなく彦四郎と秋乃の間だけの秘密にしておきたかったからだ。

彦四郎はちょこんと座らされた座布団から立ち上がり、夕涼みをする人々が持つ提灯の明かりが不忍池に映る景色を眺め下ろしていた。

七歳で突然別れた秋乃は一人前の、それも彦四郎が見間違うほどの美形に育って、別れたときと同じように突然姿を現した。

彦四郎は唐突に正三郎一家がいなくなったと武吉から聞かされたときの、全身を襲

った空《うつ》ろな気分を今も覚えている。

「いなくなったって」

「いなくなったんだよ」

「どうして」

「あいつは渡りもんと最初に言ったろうが。棟梁に後ろ足で砂をかけて遠いところに行っちまったんだよ」

「遠いとこって」

「知るけえ、これ以上四の五の抜かすと頬べた張り飛ばすぞ」

と武吉が怒鳴った。

親父は親父で正三郎が幼い秋乃を独り残して、若い女と心中したことを怒っていたのだろう。それがぶっきら棒の返答になったのだろう。

(いや、おれのことを案じてあんな態度をとったのか)

「お待たせ」

秋乃が膳に酒と肴《さかな》を載せて運んできた。

「私たち、深川の料理屋さんで早めの夕餉《ゆうげ》を摂ったの。彦兄さんはまだ夕餉前でしょ、あとでなにか作ってあげる。まずは一杯、飲める口でしょ」

と猪口《ちょこ》を持たせようとした。

「いいのかね」

「旦那様はお国許《くにもと》に戻られているもの。江戸戻りは早くて秋だって」

「主が留守に上がるのもな」

「私たちは兄さんと妹でしょ」

「まあそうだけど」

「彦兄さんは小さい時から心配性だったな、とくに私のこととなると臆病なくらい慎重だったわ」

「そうかね」

秋乃が彦四郎に猪口を持たせ、銚子《ちょうし》から酒を注《つ》いだ。

「私、嘘をついたわ」

「嘘ってなんだ」

彦四郎は猪口を持ったまま聞いた。

「私、知っていたの。船着場で会ったときから彦四郎兄さんだって」

うっ、と喉《のど》を詰まらせた彦四郎は急いで猪口を嘗《な》めた。喉がからからに渇いていることに酒を嘗めて分かった。こんどはぐいっと飲んだ。

「むじな長屋の幼馴染み三人組の一人は今売り出しの金座裏《きんざうら》の政次若親分、もう一人は一の子分の亮吉さん、そして、もう一人が船宿綱定の船頭彦四郎兄さん。この二人のことをよく私に喋ってくれたわね、でも、会う機会はなかった」

「会わせなかったんだ、おれが」

「どうしてなの」

「秋乃をおれ一人の妹にしておきたかったのかもしれねえ」

「妹か」

「不満か」

「私、金座裏の若親分の活躍ぶりを報じた読売《よみうり》で兄さんの名を見かけたの。そんとき、直ぐに私の兄さんだと分かったわ。それで龍閑橋の綱定に兄さんを見にいったこともある」

「驚いたぜ」

と呟いた彦四郎が、

「秋乃、苦労したんだろうな」

「苦労かどうか、生きていくのが精いっぱいの日々だった。私を棟梁の惣兵衛さんが引き取ると申し出られたそうよ、これは後で知ったことなの。私は江戸に知った人間はいないし、おすみさんの実家に引き取られたの」

「親父様の心中の相手だな」

「葛飾郡《かつしかごおり》平井村の百姓家よ、おすみさんの弟妹が五人も六人もいたわ。貧乏を絵に描いたような水呑み百姓よ」

「よくまあ、引き取ったもんだ」

秋乃が笑った。せせら笑いだ。

「兄さん、親切からじゃないの、あとで知ったことだけどね」

「じゃあなんだ」

「お父っつあんは十五両ばかり私に金を残していたの。棟梁に向けた手紙もあったそうよ、私を独りで生きていける年まで世話してくれたものに十五両を差し上げるというね。おすみさんの親父は十五両の金が目当てだったの」

「十五両の食い扶持付きだ、大事にされなかったか」

「そのことを知ったのはずっと後のこと、私が十六になったとき、奉公に出たいといったら、おすみさんの親父が一年待て、棟梁との約束の期限がくるとうっかりとお父っつあんが残した十五両のことを洩らしたの。私、いつも腹を空《す》かせていた、女中以下の暮らししか覚えがないわ。十五両に見合う扱いなんて受けた覚えはない。なによりお父っつあんの気遣いをないがしろにしたおすみさんの親父さんが憎かった」

「どうした」

「その夜、風呂敷包み一つを手に家を出た。岡場所《おかばしょ》に身を売っても、今よりましな暮らしができるような気がしたの」

彦四郎は、ふうっと息を吐いた。

「棟梁のところを訪ねたか」

「いえ」

「どうしてだ。惣兵衛さんのことだ、話せば秋乃の手に十五両を渡してくれたかもしれないぜ」

「十六歳、独りで生きていけると思ったの。若かったのね」

秋乃が空になった彦四郎の猪口に酒を注いだ。

「私も飲みたくなった」

彦四郎の猪口を秋乃が奪い、

「一晩、昔話を語り合いましょう、十三年ぶりの再会よ」

と言うと、くいっと飲み干した。

彦四郎と秋乃は空白の歳月を埋めるために夢中で互いの来し方を語り合い、酒を飲み合った。

上野寛永寺の時鐘が夜半九つ（午前零時）を告げた。

その鐘の音に彦四郎は正気に戻った。

四

「秋乃、思わぬ時間、邪魔した。帰らなきゃあ、明日がある」

彦四郎はよろよろと立ち上がった。

「彦兄さん、秋乃をこの家に残していくの」

秋乃が恨めしそうな顔で見た。

「また寄せてもらう。話の続きはそのときだ」

「どうしても」

と秋乃も立ち上がった。彦四郎と一緒に杯《はい》を重ねて秋乃も酔っていた。体がぐらりと揺れて、

「おっと危ないぜ」

と彦四郎が秋乃の体を抱き止めた。

「兄さん、飲みつけない酒に酔ったよ」

「普段は飲まないのか」

「飲まないことはないけれど、こんなに沢山のご酒《しゅ》を飲んだのは初めて」

「おれは帰るからよ、床につきねえ」

小女はどこにいるのか小体な家は森閑としていた。

ふうーっ
と秋乃が肩で息をした。するとまたよろめき、

「わたしゃ、歩けないよ」

とその場に腰砕けにずるずると座り込もうとした。

「あぶないぜ、いつもはどこに寝るんだえ」

「次の間」

と二人が酒を飲んでいた座敷の隣を顎先で差した。いつの間にか襖《ふすま》が閉じられていた。

「よし、連れていく」

彦四郎は秋乃の腰に片手を回していったん縁側に出ると、次の間の障子を開いた。知らぬ間に蚊帳《かや》が釣られ、夏掛けのかかった夜具が敷きのべられていた。小女がやったものか。部屋の隅に有明行灯《ありあけあんどん》がほのかに灯っていた。それが寝間の艶めかしさを浮

かび上がらせていた。

「おしかさんはどうしたえ」

「女中は家の裏の離れ屋に寝泊まりするの」

と言うと、

「ああ、酔った、彦四郎兄さんのせいよ」

と秋乃が彦四郎の片腕の中からずるずると次の間の敷居に崩れ落ちようとした。

「待ちねえったら、風邪《かぜ》をひいてもいけねえや。ちゃんと床に入って休むんだ」

不意に秋乃が崩れかけた腰に力を入れて伸び上がった。腰を屈《かが》めて秋乃の腰を抱きとめていた彦四郎の顔のそばに白い顔がきた。

「昔からこうやって彦兄さんは秋乃の無理難題を聞いてくれた。惣兵衛様に命じられたからしたの、それとも親父様の武吉さんの手前」

秋乃の息が彦四郎の顔にかかり、匂い袋と汗と酒とが混然となった大人の女の芳《かぐわ》しい匂いがした。

彦四郎は胸の中で、

（いけねえいけねえ）

と言い聞かせながら、

「だれに言われたからじゃねえよ。おれは秋乃の面倒を見るのが兄の務めと思っていたんだよ」

「彦兄さん、つとめを果たして」

「どういうこった」

彦四郎と秋乃は顔と顔が接する間近さで見合った。

「正気をなくした秋乃を放《ほう》り出して帰るというの」

「どうしようもねえじゃないか」

「彦兄さんはいつも秋乃を守ってくれた」

「新川のときはおめえが先に手を出したんだ」

「そうだったわ。でも、あの後、彦兄さんは秋乃に手を出させないように常に私を背に庇《かば》って大勢の相手に負けると分かっても飛び出していった」

「室町《むろまち》の伊勢屋分家の普請場ではよ、あの界隈のがき連中におれはぼこぼこにされたっけ」

「どんなときだって、秋乃を庇ってくれた」

秋乃の目からすうっと涙が零《こぼ》れて頬を伝うのが有明行灯の明かりに見えた。

「いかないで」

秋乃が両腕を彦四郎の首に巻き付けた。

「どうしろってんだ—」

「昔のように秋乃を負ぶって」

しばらく秋乃の顔を見ていた彦四郎が、

「腕を放しねえ、負ぶって蚊帳の中まで連れていく」

と言い聞かせると秋乃も首に巻き付けた腕を解いた。

彦四郎は腰を支える片腕で秋乃のよろける体を支えてずらし、腰を屈めると背を向けた。

「彦兄さんは昔と変わらない」

「そう、おまえのいいなりになってきた彦四郎だ。だからよ、おまえ一家が突然いなくなったときは、なんとも切なくておれの胸に大きな洞《うろ》がぽっかりとあいたようだったぜ。そいつが何年も何年も埋まらなかった」

「彦兄さん、好きな人は出来なかったの」

彦四郎はしばらく黙り込み、

「この年だもの、いないわけはねえさ」

「そのお人は」

「………」

「どうしたの」

「金座裏の若親分のおかみさんさ」

背の秋乃が息を飲んだ気配を見せて、そおっと彦四郎の背に体を預けてきた。

「彦四郎兄さんはいつも味噌《みそ》っかす」

「そんなんじゃねえや。政次としほさんは似合いの夫婦なんだよ」

「兄さんはいつもそうやって他人の気持ちばかりを慮《おもんぱか》り、身を引いてきた」

行灯の灯心がじりじりと音を立てていた。

彦四郎の片膝がかくりと落ちた。そのせいで秋乃の体の重みが酔った彦四郎の不安定な背にかかり、彦四郎は畳の上に押し潰《つぶ》された。そして、秋乃が彦四郎の体の傍らに転がってきた。

二人は再び間近で顔を見合わせた。

秋乃の手がそっと彦四郎の頬に伸びてきた。

「いけねえよ、秋乃。いけねえよ」

秋乃の手が頬から項《うなじ》に回り、ぐいっと顔が彦四郎に迫って唇を奪った。

（いけねえよ……）

彦四郎の声は胸の中に響いただけだった。

秋乃が蚊帳の裾をたくし上げると彦四郎の手をとって蚊帳の中に這れ込んだ。

龍閑橋から入堀へと朝靄《あさもや》が流れて、水面《みなも》を覆っていた。そんな靄が土手を這《は》い上り、河岸道にも流れていく。そんな中、職人が道具箱を肩に担いで普請場に急いでいた。

綱定の大五郎《だいごろう》親方は朝一番で家の周りをひと廻《まわ》りして夜中になんの異常もなかったか、見回る習慣があった。親父が亡くなって綱定を受け継いだときからの仕来たりだった。その朝、路地から河岸道に出た大五郎は、濃い靄が流れる入堀から水音がしているのに気付いた。

「なんだえ」

と呟きながら大五郎は柳が入堀の水面へと葉先を垂らす河岸道の縁に出てみた。すると船着場で両膝をついた彦四郎が靄を分けて堀の水を手で掬《すく》い、顔を洗い、さらに水を項にかけていた。

夕べ、屋根船を見習い船頭の早吉一人が漕いで戻ってきた。

「親方、彦四郎兄さんは昔馴染みに会ってさ。ちょいと家まで送って帰るとのことだったぜ」

「なにっ、彦四郎がおめえ独りに屋根船を任せたって」

「親方、大丈夫だって。おれ、ちゃんと神田川から大川に出てよ、綱定まで戻ってきたろ」

「ああ、曲がりなりにも独りで櫓を漕いで戻ってきたのは褒めてやろうか」

大五郎は早吉の櫓さばきより彦四郎の行動を気にかけたのだ。これまでそんなことは一度もなかったからだ。

「早吉、魚河岸の連中に彦四郎の昔馴染みが混じっていたか」

「魚河岸の兄い方は富岡八幡の船着場で別れたんだよ。兄さん方は夜っぴいて花札を引くってんでよ、あそこで仕事は終わったんだ」

「ならば戻り船で馴染み客を拾ったか」

屋根船が船着場で客を拾うことなどない。

「客じゃないよ」

「早吉、魚河岸の連中と別れた後のことを洗いざらい話せ」

「だから、昔馴染みなんだよ」

「そいつはいくつ位の男だ、どこへ送っていった」

早吉は口を噤《つぐ》ませた。

　昌平橋際の船着場から女を土手上に送っていった彦四郎が土手の途中で立ち止まり、二言三言話をしていたと思うと、ぶら提灯を女に押し付けて走り戻ってきた。

「早吉、あの女、昔馴染みだったんだ。おめえ、屋根船を一人で漕いで網定まで戻れるか」

「兄い、心配ねえよ」

　早吉は土手の段々の途中でぶら提灯を下げて待つ女をちらりと見上げた。見れば見るほどぞくりとするような渋皮の剝《む》けた女だった。細身の体はどこまでもしなやかで、絡みついたら岩場の鮑《あわび》、金輪際離れそうにないなと早吉は妄想逞《たくま》しくした。

「頼めるな」

「大丈夫だって、船に傷一つつけねえよ」

「よし、頼んだ」

　彦四郎は格別に口止めしたわけではなかった。そんな気持ちの余裕もないようで彦四郎はどことなく動揺していた。いや、突然の出会いに興奮していたのかもしれない。

　親方に問い詰められた早吉は、

「富岡八幡宮の船着場で女二人を乗せたんだ。客じゃないんだよ、人助けなんだよ」

と前置きしてすべてを話した。

「若い女だって、そいつが彦四郎の昔馴染みだって」

大五郎は吉原辺りで彦四郎の馴染みだった遊女がだれかに落籍《ひか》されて、偶然にも富岡八幡宮の船着場で再会したかと思った。十三の年から綱定で働く彦四郎が仲間たちと一緒に岡場所へ通った様子がないこともなかった。だが、彦四郎は亮吉と違い、遊女に惚《ほ》れ込むということはこれまで一度としてなかった。

「親方、だけどよ、深川からの船中あれこれと話していたがよ、昔馴染みの様子はまるでなかったんだ。それが昌平橋に着いてよ、女の頼みで土手上まで送っていこうとした途中で彦兄いの態度が突然変わってよ、走り戻ってくると慌てて昔馴染みだったとおれにそう言ったんだ」

「その言葉、おまえを欺く方便と思うか」

「いいや、兄いは驚いた様子をよ、体じゅうに残して慌てていたもの。知り合いだってことは間違いねえさ」

「どんな女だ」

「年は二十前後かねえ。あんないい女、見たこともねえ。柳腰でよ、小股が切れ上がった女というのはあの女のことだぜ、親方。そんな女が武家言葉で話すとたまらないぜ」

「早吉、よだれを拭きねえ」

　と注意した大五郎は、

「武家の女だって」

「親方、武家言葉を話すといったただけだ。ありゃ、間違いない、たれぞの持ちもんだ」

「武家が囲った女か」

「出は町人だね」

「そんな女に引っ掛かったか」

　と呟いた大五郎は、

（彦のことだ。間違いはあるめえ）

　と自分を納得させた。

　彦四郎が手拭いで顔をごしごしと拭った。

「彦四郎、朝帰りとは珍しいな」

「すまねえ、親方。大事な船を見習いの早吉に任せてよ」

「あいつにはいい経験になったろう。曲がりなりにも神田川、大川、入堀と通って龍閑橋まで戻ってきたぜ」

「心配かけてすまねえ」

大五郎は猪牙舟の仕度をする彦四郎の傍らに下りた。綱定の船頭の朝一番の仕事は魚河岸で仕入れた魚の仲買人を店まで運ぶことだった。今朝は彦四郎が当番だったかと大五郎は考えながら、

「彦四郎」

と呼びかけた。

「おれに話すことはねえか」

彦四郎が大五郎を正視すると、

「親方、しばらくこの一件、見逃してはくれめいか」

と願った。

御堀の方角から風が吹いてきた。そのために靄がゆっくりと水上を流れていき、土手付近では靄が渦巻いて流れる先を探していた。

「おめえは綱定に十三の春から奉公に入った。以来、おまえがまだ親方として半人前のおれに仕えてくれたが一度だって心配をかけたことはねえ。若い割に分別を承知し

過ぎるおまえを却《かえ》っておれは心配しているくらいだ。時によ、亮吉のように無鉄砲に突っ走ってもいいじゃねえかと言いたくなることもある」

大五郎の言葉を彦四郎は黙って聞いていた。

「これは小言じゃねえ。なんぞおれに相談事があるならばその気になったときでいい、話してくれないか。いや、話してほしい、余計なことかもしれないが一肌脱ぐぜ」

「親方、肝に銘じた。ただ、そんときが来るまでしばらく待ってくんな」

「昨日の今日だ。おまえがどんな答えを出してくるのか、待とうじゃないか」

彦四郎がぺこりと頭を下げると、

「魚河岸に行く」

と舫い綱を外し船着場を足で蹴《け》って流れに出すと棹を使い、舳先を龍閑橋に向けた。

大五郎は未だ混乱した様子の彦四郎の気持ちを察した。

「昔馴染み」

とはだれか。

十三から綱定に奉公してきた彦四郎だ。女に関心を持つまでに成長した彦四郎のおよそを知ったつもりであった大五郎だが、

（おれはあいつの胸中をなにも知らなかったのかもしれねえな）

と考えながら龍閑橋から消える彦四郎の大きな背を見送っていた。はっきりとしていることは昨夜彦四郎に動揺を来《きた》すような、

「大きな経験」

があったことだ。こいつは女房のおふじにもしばらく黙っていようと考え、早速早吉に口止めしておかなきゃあと思いながら船着場から河岸道に上がった。

彦四郎は親方の視線を感じながら棹から櫓に替えた。親方を騙《だま》す気などさらさらない。だが、昨日の今日だ。秋乃との関係がどう進展していくのか、一夜限りに終わるのか、そのことにすら考えもつかない今、話すのを躊躇《ためら》っただけだった。いや、秋乃は次の約束を彦四郎に何度もさせて、ようやく解き放ってくれたのだ。

蚊帳の中の寝床に誘い込んだ秋乃は、

「彦兄さん、なにもしないでいいわ」

と言った。

そのとき、彦四郎は躊躇いながら夏掛けの上に大の字になっていた。

秋乃は彦四郎の腹がけを脱がせると胸に唇を押しあてた。

「秋乃、こんなことしちゃいけねえぜ。旦那をしくじることになる」

「あんな爺様《じいさま》に気兼ねすることなんてありはしないわ。彦兄さんは、おめえみたいなおかめは嫁の貰い手がねえ、この彦四郎が嫁にしてやると約束したでしょう」

「幼い昔の約束だ。それに今の秋乃はおかめでもぶすでもねえ。おれがまともに顔を合わせられないほどの美しい女になりやがった」

「ほんと」

と秋乃が彦四郎の胸の上に体をのしかけて顔を見下ろした。

「おれの知る秋乃と目の前の女が一緒だとは到底思えねえ」

「どっちがいい」

「昔の秋乃は妹だ」

「今の私はなんなの」

秋乃が彦四郎の胸の上から体を起こすと帯をきゅっと鳴らしながら解き、小紋を脱いだ。そして長襦袢一枚の秋乃が彦四郎を見下ろしながら、長襦袢の襟《えり》を広げると、つんと尖《とが》った胸を彦四郎の目に曝《さら》した。

「あのやせっぽち秋乃の乳房か」

「そう、やせっぽちの乳房よ」

秋乃の手が彦四郎の手を取ると弾けるように尖った胸に持っていった。

「秋乃」

掌にすっぽり包み込まれるほどの乳房をぎゅっと握った彦四郎は、もう一方の手で秋乃の体を引き寄せた。

（この先、どうなるのだろう）

櫓を漕ぎながら彦四郎は思い悩んでいた。

第二話　大番屋の駆け引き

一

鎌倉河岸《かまくらがし》は新緑の季節を迎え、船着場の八重桜もこんもりとした緑を爽《さわ》やかな風に戦《そよ》がせて河岸や船着場の石段に気持ちがいい緑陰を作っていた。

御堀に架かる御竹橋の向こうに見える一橋家屋敷《ひとつばしけやしき》ごしに千代田城の二の丸と本丸の屋根瓦《やねがわら》が常盤《ときわ》の松の緑の海の上に映えてなんとも気持ちがいい景色だった。

清蔵《せいぞう》は、数日前に倅《せがれ》の周左衛門《しゅうざえもん》に豊島屋《としまや》の実権を渡すと宣言し自ら、

「隠居宣言」

をした。

清蔵の中でなにか心境の変化があったのか。最近では毎朝河岸の八重桜の下にきて幹に掌を触れさせて、その一日の始まりが無事でありますように祈り、夕方になると、今日一日が大過なく過ごせてきたことを胸中で感謝するようになっていた。

この仕来《しき》たり、しほが豊島屋に奉公していた時分、折に触れて行っていた、「儀式」だった。

しほは豊島屋から金座《きんざ》裏《うら》の政次《せいじ》若親分の下に嫁いでいき、その習わしを清蔵が受け継いだかっこうになった。

「いたずらものはいないかな、いないかな、いないかな。頭のくろいいたずらものはいないかな」

と鼠取《ねずみとり》の薬売りが一日の仕事の疲れを残した声で鎌倉河岸を横切っていった。石見《いわみ》銀山鼠取受合と青地に白く染め出した幟《のぼり》も肩にかつがれてだらりと垂れていた。

この夕暮れ、清蔵はいつものように船着場を見下ろし、御堀の水を切るように燕《つばめ》が飛び交うのを見て、

(夏の季節がまたやってきた)

と思った。

いつまでこうやって御城端の四季を愛《め》でることができるか。

(政次としほの赤子をこの手に抱いてみたいものだ)

と考えながら瞑目《めいもく》し、八重桜の幹に手を押しあてた。

その背に人の気配がした。小僧の庄太《しょうた》が店の前を掃いていたから庄太かなと思いながらも新しく始めた生来たりに没入した。

清蔵は新しく始めた日課を終えるとついでに老桜に向かい、ぽんぽんと柏手《かしわで》を打った。

「なにかご利益《りやく》があるかい、ご隠居」

と清蔵に声をかけたのは金座裏の手先の亮吉《りょうきち》だ。

「なんだ、独楽鼠《こまねずみ》が夕風と一緒に姿を見せたか」

「その年になってもよ、神仏ばかりか老桜にまですがることがあるものかね」

憎まれ口を叩《たた》く亮吉だが、なんとなく元気がない。

「亮吉、利や得のためにこうしているんじゃありませんよ。無心に一日を感謝する、そんな無垢《むく》な気持ちで瞑目し頭を下げているだけです。亮吉にはこの悟達の心境は分かるまいね」

「分からねえさ。死に際になってとって付けたように神仏に合掌《がっしょう》したり柏手をうつ気持ちがよ、おれには分からねえ」

「まあ、おまえは死ぬまで無心に八百万《やおよろず》の神に感謝するなんて気持ちになるまいな」

「この世を必死に生きる、それだけでいいじゃねえか。現世は現世、あの世はあの世だ。こっちで急に功徳《くどく》を積んだからって黄泉《よみ》にいってよ、いい暮らしが待っているって考えるのは慾《よく》深いぜ」

「ばちあたりが」

と吐き捨てた清蔵が反撃に出た。

「亮吉、おまえの胸の中の悩み、あててみようか」

「清蔵様、止《や》めておきな。鎌倉河岸の人間ならばだれもが感じていることだ」

「そうだったな。これは亮吉に一本とられたよ」

二人は夕風が吹き始めた鎌倉河岸の東の方角を期せずして見た。御堀の水の上にも龍閑《りゅうかん》橋の上にも二人が求める影はなかった。

ふうっ
と亮吉が溜息《ためいき》を吐《つ》いた。

「物心ついて何十年も人の往来を見てきたが、この夏ほど格別に無常を感じる年もないね。しほちゃんが嫁に行き、そして」

と言いかけた清蔵が口を噤《つぐ》んだ。

「ご隠居さん、若親分としほさんがお見えだよ」

と小僧の庄太が箒《ほうき》を片手に知らせにきた。

「おや、いつの間に豊島屋にお出ましかね、亮吉と無駄話をしていたら見逃したよ」

「清蔵様、おれが金座裏を出たときには二人して姿がなかったぜ。御用だと思うな」

と亮吉がなんとなく推量がついているという感じで言った。

「いつの間に龍閑橋を渡ってきたんだろう」

「それならおれたちの姿に気付いたさ。見逃さないぜ」

亮吉が応ずるところに、しほ一人が鎌倉河岸を突っ切って姿を見せた。

白地の紬《つむぎ》か、薄暮の乏しい光にしほの匂《にお》い立つような若妻姿が浮かび上がった。

「ご隠居、お桜様のお護《まも》り、ありがとうございます」

としほが挨拶《あいさつ》した。

金座裏に入り、一段と落ち着きが備わったと清蔵は自分の家から嫁に出したしほを見た。

「なあに年寄りが勝手におまえさんの習わしを引き継いだだけですよ。今も亮吉に死に際になってあれこれ神仏にすがるのはおかしいと罵《のの》られたばかりだ」

鎌倉河岸の象徴ともいえる八重桜は八代将軍お手植えの八重桜で、八十有余年の歳月を重ね、風雨に曝《さら》されてごつごつとした木肌には風格があってどことなく、

「樹霊」

が宿っているように思えた。

「亮吉さん、そんなことを言ったの」

「まあ、似たようなことは言ったがね。だってそう思わねえか」

「そう思うって」

「しほさんが桜の幹に手を当てて祈っていたときはよ、ひたすら思い悩むことを吐き出して桜と無心に話をしていた感じがあったがよ。清蔵隠居は、この先、無病息災で長生きさせて下さい、死ぬのなら足腰がしっかりとしているうちにぽっくりと死なせて下さいと慾得ですがっている感じがするものな」

「どぶ鼠」

と清蔵が声を張り上げた。

「悔しいね」

「違ったか」

「おまえが言うとおりだから悔しいというんですよ」

「隠居、悪いが金座裏の手先にはお見通しだ。もう十五、六年おれたちと付き合っておくれよ」

亮吉の言葉が普段になく優しく響いた。

「ほう、亮吉の診立ては十五、六年も生きるとありますか」

「ね、しほさんよ。隠居と呼ばれてもだれもが欲得に悩みながらあの世に行くんだよ。おりゃさ、えらい坊さんが悟りの境地で大往生するなんて信じちゃいない。悩んだり迷ったりして生を終えてどこが悪いんだ」

「亮吉に言わせれば高僧もかたなしだ」

「悩み多いから人間なのさ」

「そうかもしれませんね」

と言い合う清蔵と亮吉に、

「今日のお二人はえらく素直ですよ、しほさん」

と小僧の庄太が笑った。

「おめえには分かるめえ、この奥深い言葉の含蓄がよ」

「亮吉さん、それより若親分が独りで待ってなさるよ」

そうだったな、と応じる亮吉に、

「ちょっとだけ待って。私も悩み多い凡人の一人なの。吉宗様のお手植えの八重桜様に祈らせて」

と言ったしほが片手を差し出し、葉を茂らせた八重桜のごつごつとした木肌に手を押し当てた。

しほの祈る様子を見ながら清蔵も亮吉も庄太も待った。

長い瞑想の刻限だった。

しほがなにを願っているか、三人にも察しがついていた。

「待たせてご免なさい」

幹から手を離したしほに、

「さあ、皆さん、元気を出して」

と庄太が声をかけた。

「小僧に案じられるようになっちゃお仕舞いだぜ」

亮吉がいつもの憎まれ口を叩いたが今一つ精彩がない。

政次は小上がりに一人ぽつねんといて何事か思案していた。

常連の客はまだ姿を見せていなかった。暑い一日だったので仕舞い湯にでも行って顔を見せるつもりか。

「お待たせしました」

としほが政次に声をかけ、

「今直《す》ぐお酒の仕度をするわ」

と袖《そで》を帯の間にたくし込もうとして、

「あら、もう私、豊島屋さんの奉公人ではなかったわ」

と呟《つぶや》いた。

「おうさ、しほさんはよ、金座裏の若嫁様だ。もう田楽《でんがく》だ酒だってのは新しい姉さんに任すもんだぜ」

「新しい姉様を雇ったような口ぶりね」

しほの反問に亮吉が、

「お菊《きく》ちゃん、お客様のご入来だ」

と奥に向かって叫ぶと、真新しい黄八丈《きはちじょう》のお仕着せを着て前掛けをかけた娘が盆に燗酒《かんざけ》を載せて運んできた。

「あら、ほんとだ」

「しほさん、むじな長屋のお菊ちゃんだ。此度、清蔵さんや大親分が骨を折ってよ、しほさんの後釜《あとがま》に豊島屋に入ったんだよ。宜《よろ》しくな」

むじな長屋の職人の姉娘のお菊だ。

父親が普請場で怪我《けが》をしてその治療代に借金を負い、ために女衒《ぜげん》の正次郎《しょうじろう》の甘言に乗せられて板橋の地獄宿に売られたところを宗五郎《そうごろう》と亮吉が女男松《めおとのまつ》の仁左《じんざ》親分と一家の手助けもあって救い出していた。そんな大騒ぎの後、むじな長屋に戻ったお菊は豊島屋に奉公を得たらしい。

「しほ様の奉公ぶりを聞いております、それを見習って精一杯頑張ります、よろしくお引き回し下さい」

と挨拶した。

「むじな長屋育ちの娘はしっかりものね、それに比べて」

「皆まで言うな、しほさんよ」

亮吉がしほの言葉を遮った。

「ささっ、上がりなすって。話の間はだれにも邪魔はさせませんからな」

と隠居になっても店の差配を振るう清蔵が、

「庄太、お喋《しゃべ》り駕籠《かご》屋なんぞが入ってきても小上がりに来させるのではありませんよ」

と見張りを命じた。そんなわけで小上がりに政次、しほ、亮吉の金座裏の三人に清蔵が同席して額を寄せ合った。

「まずは一杯」

と亮吉が燗徳利を持ち上げたが政次が、

「話が終わった後にしよう」

と制した。

亮吉はやっぱり政次が彦四郎《ひこしろう》のことで他出していたかと察した。

「女の、いや、彦四郎の行方《ゆくえ》は見当つかないか」

亮吉が政次に問い質《ただ》しながら燗徳利を盆の上に戻した。

政次が顔を横に振り、

「亮吉、彦四郎を探しにいったんじゃないよ」

と言った。

彦四郎が綱定《つなさだ》の船着場で親方の大五郎《だいごろう》と話をした三日後、彦四郎は綱定から飄然《ひょうぜん》と姿を消した。大五郎は彦四郎が戻ってきたときのことを考え、おふじにも船頭らにも、

「おれの遣いで江戸を留守にさせた」

と余り上手とも思えない嘘《うそ》をついて騒がないように命じた。だが、四日が過ぎても戻ってこないところに政次と亮吉が姿を見せて、彦四郎のことを親方に問い質したのだ。

「もはやおれ一人の胸に仕舞いこんでおくわけにはいかねえな。若親分、亮吉、彦四

郎とは生まれたときからちんころの兄弟みてえにくんずほぐれつで育ってきたおまえさん方だ。もう少し早く相談すべきだったかもしれねえな」

と前置きして見習いの早吉《そうきち》から聞いたことをすべて話した。

「驚いたぜ」

と亮吉がまず感想を述べた。

「この話がおれならばだれも驚くめえ。だが、彦四郎となるといささか驚天動地、晴れ間の空に雷が光ったみたいだぜ」

「政次さん、彦四郎にそんな昔馴染《なじ》みがいたかね」

と大五郎が政次に聞いた。

「おりゃ、知らねえ」

と亮吉が政次の答える前に断言した。

「私たち三人はよほどのことがないかぎり、二日と間を空けずに顔を合わせてきた」

「おうさ、物心ついてからずっとだ」

と政次と亮吉が言った。

「彦四郎にそんな馴染みがいたとしたらすぐに分かる筈《はず》だぜ」

「亮吉、おまえと違って彦四郎は慎重な気性だ、胸に秘めていたとしたら私たちの気がつかないこともあると思うよ」

しばらく思案した亮吉が、

「そいつはどうかな、親方が言うとおりよ、おれたちは兄弟同様以心伝心に育ってきたんだ。若親分は見落としたと思うか」

亮吉の疑いを保留した政次が、

「親方はこの一件、どう始末つけなさるおつもりですね」

と大五郎を質した。

「十三の年から家族同然に過ごしてきた彦四郎ですよ。これまで一度だってわっしらに心配をかけたことはない。そんな彦四郎が我を忘れた恋だとするならば、なんとかしてあげてえ」

「親方、そりゃ無理だ。相手は他人様《ひとさま》の持ちもんなんだぜ」

「亮吉、そんなことは百も承知だ」

大五郎が苛立《いらだ》たしげに言い切った。しばらく沈思していた政次が、

「この話が成就しようとだめに終わろうと綱定では彦四郎の行動を許して下さるのですね」

と確かめた。

「若親分、家族同然といったぜ、一度ふらついたくらいで見捨てられるものか。この亮吉なんぞ幾度金座裏に迷惑をかけたえ」

「なにもおれを引き合いにだすこっちゃねえだろうが」

と亮吉が頰《ほお》をふくらました。

「親方は、しばらく様子を見たほうがいいと仰《おつしや》るのですね」

「たびたびで引き合いに出して恐縮だが彦四郎は亮吉ほど馬鹿じゃねえ。彦四郎は分別くらいつこうじゃないか」

「ちえっ、親方、分かっちゃねえな。おれのようにあっちのすべた女に惚《ほ》れ、こっちの娘に魂を吸われつけた野郎の方が振られ慣れしてんだよ。彦四郎のように純情な野郎が昔馴染みに何年かぶりに出会ってよ、一気に燃え上がった恋の行く末のほうがよっぽど怖いぜ」

大五郎が愕然《がくぜん》として、

「亮吉のいうことにも一理ある」

と政次を見た。

「親方の気持ちを大事にして、しばらく彦四郎の様子を見守ろう」

「若親分、なにかあったらどうする、あとの祭りだぜ」

「亮吉、大五郎親方の意思を尊重して彦四郎に接するようなことはしない。だが、万が一のときを考えて彦四郎の行方だけは付き止めようじゃないか」

「それなら納得だ」

政次が大五郎を見た。

「うちの大事な家族だ。若親分、たのむ」

「この一件、親分に相談して私一人で動く。手伝いが要るようならば亮吉にたのむ」

「分かった」

と亮吉が手を打った。

政次はその足で金座裏に戻った。

宗五郎は菊小僧《きくこぞう》を膝《ひざ》に抱いて、縁側で煙草《タバコ》を燻《くゆ》らしていたが、

「政次、知っていたか。菊小僧は世にも珍しい三毛猫だとよ」

「どうしてでございます」

「三毛猫の雄ってのはまず生まれないのだと。その万に一匹が菊小僧だとさ。亮吉もすごい猫をうちに持ち込んだものだぜ」

と宗五郎が苦笑いして、

「苦虫嚙《か》み潰《つぶ》したような面をしているが、なにかあったか」

と宗五郎が政次に聞いた。

「ちょっと厄介なことが」

彦四郎の失踪《しっそう》を洗いざらい告げた。

話を聞き終わっても長いこと思案していた宗五郎が、

「政次、おまえには彦四郎の昔馴染みに覚えがないのだな」

「ございません」

ふーむ
と応じた宗五郎はまた考えに落ち、

「しほをつれて鍋《なべ》町西横丁を訪ねろ」

と命じたのだ。

二

「若親分としほさんは、親父の武吉《ぶきち》さんを訪ねたのか。まさか彦四郎は鍋町西横丁にいたなんてことはないよな」

亮吉の問いに政次が顔を横にふり、

「大五郎親方はあえて武吉さんには此度の一件話してなかったんだ。だから、彦四郎が龍閑橋からいなくなったなんて私たちに知らされて驚いていた」

と亮吉と清蔵の二人に報告を始めた。

みつに土産《みやげ》を持たされた政次としほは、武吉が仕事から戻ってくる刻限に訪ねて、正直に彦四郎が綱定から姿を消した事情を話したのだ。

「若親分、彦の野郎がそんな迷惑かけているなんてちっとも知らなかったぜ。自分から願って綱定の親方に頭を下げて奉公に入ったんだ。大五郎親方に申し訳ねえ。彦の野郎、なにを考えて女に狂ったんだか」

と驚きの言葉を発した武吉が、

「それにしてもよ、そんな女が彦にいたとは知らなかったぜ」

と困惑の体《てい》を見せた。

「若親分方もその女を知らないのかえ」

となみが問い返し、政次は顔を横に振った。

「彦四郎はあんまり自分のことは話さねえからね。おっ母、知っていたか」

武吉の問いになみは、激しく顔を振った。

「若親分、しほさん、ちょいと頭を冷やしてきてえ、井戸端で汗を流してきていいかえ」

と断った武吉が手拭《てぬぐ》いと着替えを持たされて長屋を出ていった。

武吉の長屋は棟割りだが二階屋で階下に三畳ほどの板の間と台所、奥に六畳間、二階に四畳半の一間があった。

武吉のいない間、なみが茶の仕度をした。

政次としほは裏庭に向かって開け放された戸の向こうに糸瓜《へちま》の棚があるのを見ていた。

「待たせて申し訳ねえ」

とさっぱりした顔付きで戻ってきた武吉が、

「若親分、彦四郎は女のところにいるんだろうか」

と尋ねた。

「見習い船頭の早吉の話ではすこぶる付きのいい女で、武家の持ちものではないかというんですよ。年は二十前後らしい、親父《おやじ》さん、おっ母さん、そんな女に心当たりがございますか」

「若親分、親のわっしらが言うのも無責任だが、彦のことはわっしらより若親分や亮吉のほうがとくと承知だろうよ。物心ついてからいつだって一緒につるんできたんだからね」

「この話を聞いて私たちも昔馴染みの女がだれか過去を辿《たど》ってみました。私には松坂《まつざか》屋《や》の奉公時代がございます、ためにその時分彦四郎と顔を合わせないことも間々ございました。だが、その分、亮吉が彦四郎と始終会っては互いの悩みなんぞは話し合ってきた筈だ。その亮吉も覚えがないそうな」

政次の話に彦四郎の親が二人して首肯《しゅこう》した。

「彦四郎さんが綱定様に奉公をしはじめた時分のことは存じません。ですが、私が豊島屋に世話になった寛政七年からの彦四郎さんの暮らしぶりは承知にございます。もし彦四郎さんに意中の女の人がいたのなら、漠然とでもああ、あのときのことだと思いつく筈です。でも、心あたりがございません」

としほも言い添えた。

「昔馴染み、か」

と武吉が呟いて思案した。

「政次さんと亮吉が知らない彦四郎があったただなんて、しっくりとしないぜ」

しほが襟元《えりもと》に持参した画《が》箋《せん》紙《し》を出すと武吉となみに示した。

「見習い船頭の早吉さんの記憶だけで描いたその女の人です。まるで違っているかもしれません、早吉さんはよく似ていると言ってくれました」

しほが示した絵に武吉もなみも食い入るように凝視した。

「こんな女が彦四郎の周りにいれば若親分、あいつがいくら無口だって態度に出ようじゃないか」

「それもそうですね。私どももこんな女の話、彦四郎から断片だって聞かされたことはない」

「彦四郎さんが動揺を隠しきれないまま早吉さんに昔馴染みだったと言った言葉が女の人の身元を探るただ一つのことだけど、昔馴染みとはいつのことでしょうか。なんとなく昔馴染みって言っても男と女が意識し合う十五、六かなと思いました。ですが、意外と幼い時代の話ではございませんか。それだからこそ、彦四郎さんはすぐに思い出せなかった」

しほが言い出した。

「しほさん、昔馴染みってのが餓鬼のころの話ならば、若親分や亮吉の目を誤魔化《ごまか》せないよ。だって、一日じゅう一緒だったもの」

しほが描いた女の似顔絵に目を落とした武吉が、

「女は二十前後か、待てよ」

と言い出した。

「なんぞ心当たりがございますので」

「若親分、彦四郎におれは左官の仕事を継がせたかったんだ。だから、七つか八つの時分、普請場にあいつをちょくちょく連れていった」

あっ！

と珍しくも政次が驚きの声を上げた。

「たしかに武吉さんが彦四郎を新川の下《くだ》り酒屋の普請場に連れ出したことがあった」

「あの時分のことを彦四郎は若親分に話したかね」

いいえ、と政次が顔を横にふり、

「武吉さんは跡を継がせたいのかなと察しておりました。彦四郎もその気でしたよ。だが、普請場のことは亮吉が嫌がるものだから、彦四郎は私どもに口にしたことはないと思います」

「亮吉が嫌がったって」

「武吉さん、亮吉は親父さんの普請場に連れていかれる彦四郎が羨《うらや》ましかったんですよ」

「亮吉がそんな思いを抱いていたとはな」

と驚きを隠しきれない武吉が、

「そうか、彦の奴、そんなわけで兄弟同然の政次さん方に話さなかったか。ひょっとしたら亮吉が嫌がるからではねえ、そのことを話さなかったのは別の理由かもしれねえな」

「普請場でなんぞございましたので」

武吉が大きく頷《うなず》いた。

「あの当時、流れもんの左官職人で正三郎《しょうざぶろう》さんって人が三ノ輪の惣兵衛《そうべえ》親方の下に草鞋《わらじ》を脱いでいたんだ。持病の喘息《ぜんそく》をもっていたが先代が感心するほどの技の持ち主でね、上方《かみがた》の大坂、京で長年修業してきたそうだ。わっしらと三年ほど途切れ途切れ一緒に働いたが、病持ちだったせいで酒を飲み合った記憶もねえ。ともかくいい男だったせいか、女にはもてたようだねえ、見るたびにいつも女が違っているって話を仲間から聞いたことがある」

「いくらなんだって、彦四郎が正三郎さんの女と昔馴染みだなんて」

となみが口を挟んだ。

「馬鹿野郎、正三郎の話じゃねえ。連れていた娘だ」

「あっ、秋乃《あきの》っていった娘だね、でもあの頃、三つ四つじゃなかったかえ」

「最初に伏見屋伝兵衛《ふしみやでんべえ》様方の普請場に連れていってからどれほどの歳月が過ぎたと思

う。十六、七年は経ていようじゃないか、なみ」

「とすると当年とって二十でおかしくない」

と政次が言い出し、武吉が大きく首肯した。

「……若親分、流れもんの左官が連れていた娘と十五、六年ぶりに富岡八幡宮《とみがおかはちまんぐう》であったというのかえ」

「十五、六年ぶりじゃない。彦四郎と秋乃が最後に会ったのは秋乃七つ、彦四郎が十か十一のころだ」

政次は正三郎がその頃一緒に住んでいた若い女と首吊り自殺をしたことを、そして、最初の発見者が七歳の秋乃だったことを告げた。

「なんてこった、七つの娘が父親の首吊り姿を見たってか」

「亮吉、親方と武吉さんが相談して兄代わりを務めてきた彦四郎には、流れもんの一家がまたどこか普請場を求めて姿を消したと嘘を告げて、秋乃には会わせなかったんだ」

亮吉がぽーんと膝を叩いた。

「若親分、間違いねえ。彦四郎が富岡八幡宮で出会った相手はその女だぜ。親父が死んだあと、七つの秋乃はどうなったえ」

「心中相手の女の一家が引き取った。葛飾《かつしか》郡平井村あたりの百姓らしい」

「若親分、女の親御さんは感心じゃないですか。残された七つの娘を引き取るなんてね。だって娘の心中相手の子ですよ。並大抵なことでできる相談じゃございませんよ」

「旦那、それが」

「若親分、もう清蔵は旦那じゃございません。ただの隠居ですよ」

「ご隠居、そいつには事情が隠されていたそうです」

政次は正三郎が娘の秋乃に遺《のこ》した十五両の金子《きんす》欲しさに秋乃を引き取った、と付け加えた。

「なんてことだ、慾得がからまる話でしたか。七つの秋乃さんの暮らしが目に見えるような話ですな」

清蔵が得心した。

「若親分、しほさんが描いた女が七つの時に別れた秋乃だっていうんだな」

「亮吉、なぜ彦四郎は幼い秋乃の存在を私たちに話さなかったんだ」

「彦四郎、秋乃に惚れていたのかね」

「違いますよ、どぶ鼠《ねずみ》。妹のような秋乃のことをさ、彦四郎は自分一人だけのものにしておきたかったんじゃないかね。幼馴染みの政次さんにも亮吉にも秘めた娘だったのさ」

清蔵の考えに亮吉が、

「おりゃ、彦四郎の気持ちが分からねえ」

と言った。

「幼い彦四郎の目にも正三郎さんの左官の腕は神様のように映じていた筈だと武吉さんは言っておいでだった。彦四郎は正三郎さんの鏝《こて》さばきに憧《あこが》れを抱いていた筈だと、武吉さんは言うんだ。その娘が秋乃という妹のような存在だった」

「あの頃、確かにあいつは親父の跡を継ぐ気だったぜ」

と亮吉が思いあたることがあるように呟いた。

「憧れだった正三郎と秋乃の父子が彦四郎の目の前から突然ふうっと消えて、彦四郎の夢は潰《つい》えたのかもしれない。船頭になると言い出したのはその後のことだったと武吉さんは言いなさるんだ」

しばらく一座を沈黙が支配した。

「おい、隠居に若親分にどぶ鼠、額合わせてなにしてんだ」

と兄弟駕籠屋のお喋り繁三《しげぞう》がよろよろと小上がりに近付いてきたが、

「今、大事な話の最中です。繁三さんは土間で黙って飲んでいて下さいよ」

と小僧の庄太に阻まれた繁三が、

「ちぇっ、水臭いぜ」

と言いながら兄の梅吉《うめきち》の下に戻った。

「ご隠居、若親分、しほさんの描いた絵の女、秋乃に間違いねえ。金座裏の一の子分の御用勘だ」

「なにが御用勘ですか。若親分の話を聞かされればだれもがそう思いますよ」

と清蔵に一蹴《いっしゅう》された。

「で、どうするんです、若親分」

「彦四郎は思慮分別に欠けた男じゃない。慎重の上にも慎重に考えて行動する男だ。しばらく黙って様子を見るのも手だ、それが幼馴染みというものだろう」

「戻ってきたとき、黙って迎えるって図だな」

と亮吉が政次の考えに応じた。

「若親分、年寄りのお節介と思って聞いておくれ」

と清蔵がわざわざ前置きした。首肯する政次に、

「秋乃の親父の正三郎さんが女と心中したというのが気にかかるね。そいつを七つの秋乃が見ていた。もしですよ、秋乃も彦四郎のことを強く想《おも》い続けていたとしたら、いいえ、そう想っていたからこそ、十数年ぶりの再会の日に一夜を過ごした。兄妹と慕う間柄が運命に切り裂かれて十数年が過ぎた。そこで富岡八幡宮船着場の再会になり、互いが昌平《しょうへい》橋の土手の途中で分かり合った、一気に気持ちが燃え上がることも考えられましょう。二人には語り合うべきことが無数あった。そんな二人が激情から一夜を共にした」

「隠居、待ってくれ。そいつはまずいぜ」

「そう、亮吉。彦四郎がどう考えたかしらないが、秋乃は他人の持ちもんです。それもお武家さんの囲い者だとしたら、この二人のいく末は知れてます」

「心中立てか」

「亮吉、こんなこと、血だとは言いたくない。七つの娘の頭には父親の死の光景は強く刻まれている筈ですよ。まさかとは思うが、彦四郎を引っ張りこまないともかぎらない」

「だめ！」

しほが叫んだ。

「しほさん、驚かせたね、だが、年寄りの胸が騒ぐんですよ」

清蔵が胸の懸念を告げた。

「ご隠居、彦四郎の分別を信じている私です。でも、彦四郎と秋乃さんの間には私たちにさえ十数年も隠し続けていた格別な感情が通っているんです。もしやと思わないわけではない」

「あの彦四郎はよ、名を名乗られた瞬間にこれまでの想いが弾《はじ》けた様子だぜ。こいつは一つ間違うと大変なことになりそうだ」

亮吉も言った。

よし、と政次が呟いた。

「今晩のうちに三ノ輪を訪ねようと思う。武吉さんから親方の住まいは聞いてきた」

「おれもいこうか」

「亮吉、此度の一件、御用ではない。私と亮吉だけが彦四郎を助ける役目だ。私たち三人はむじな長屋の兄弟だからね」

「いかにもさようだ。若親分には釈迦《しやか》に説法だがよ、おれたち兄弟の絆《きずな》より彦四郎と秋乃の情愛が強くないことを祈るばかりだぜ」

亮吉の言葉に政次が深く頷いた。

「亮吉、ただ今のところ私一人で動いてみようと思う。亮吉の出番がきたら必ずや知らせる」

分かった、と亮吉が分別を見せた。

「しほ、親分にだけ話しておくれ」

と言い残した政次は小上がりを下りた。すると清蔵が庄太に、

「若親分にうちの提灯《ちょうちん》をお貸しして」

と命じた。

日光街道と日本堤《にほんづつみ》がぶつかる三叉《みつまた》近く、東叡山《とうえいざん》領三ノ輪町に四代目を重ねる惣兵衛親方の家はあった。

政次が大きな家を訪ねあてたとき、上野のお山の鐘撞堂《かねつきどう》の時鐘が五つ（午後八時）を告げて四半刻《しはんとき》（三十分）が過ぎた時分だった。

「ご免なさいよ」

と政次が蚊遣《かや》りの煙が漂う玄関に立つと、庭先で縁台将棋をしていた住み込みの職人が、

「だれだい、こんな時分」

と言いながら立ってきた。

「こんな刻限に相《あい》すいません。私は金座裏の宗五郎の倅にございます。惣兵衛親方にちょいとお目に掛かれればと参りました」

と松坂屋の手代《てだい》時代と変わらぬ丁寧な口調で願った。

「金座裏の若親分だって、いつも読売でおまえ様の活躍は承知しているぜ」

と答えた兄いが縁側から奥に姿を消した。

四代目の惣兵衛と政次は居間で対面した。惣兵衛は顔に深いしわを刻み、初老に差しかかった職人の貫禄を漂わせた親方だった。

「金座裏の、うちに御用の筋とは一体全体なんですね」

「いえ、御用の筋と決まったわけではございません。十五、六年も前にこちらに草鞋を脱いでいた渡り職人の正三郎さんのことで参りました」

「思いがけない名を聞かされたよ。まだ先代が生きていた時分の話だ」

政次は惣兵衛に洗いざらいのことを話した。

「なんと、あの秋乃がお武家さんのお妾《めかけ》にね、武吉父っつあんの倅が女郎蜘蛛《じょろうぐも》の糸に絡め捕られたか」

と惣兵衛は彦四郎の堕《お》ちた状況を端的に表現した。

「親方は秋乃のことを承知でございますね」

「七つ時分の秋乃のことならばな。親父がおすみという名の若い酌婦《しゃくふ》と首吊りをしやがった騒ぎの後は会ってねえ。そうだ、うちには未《いま》だ正三郎の預けた十五両の小判があるぜ」

「おすみの家からはなにも言ってきませんか」

「今から三、四年も前かね、平井村からおすみの親父様が出てきてお陰様で秋乃は立派に成人致しました。つきましてはお預かりの金子を下げ渡してほしいと言ってきたことがございます。わっしが会いましてね、故人の願いを託されたわっしらとしては秋乃に会いたいと願ったんでございますよ。すると秋乃は奉公に出てこちらには連れて来られなかったと申しますから、ならばわっしがそちらに出向きましょう。また金子のことだ、町《ちょう》役人に立ち会ってもらいますぜと言ったら、慌てて帰っていきました」

「以来、なにも音沙汰《おとさた》はございませんか」

四代目の惣兵衛が首を横に振った。

「まさか武吉父っつあんの倅さんがそんな目に遭っていようとはね」

「いえ、これは大人の男と女の仲でございます、どちらが災難とは申せますまい。だが、この先のことを思うと彦四郎の行方だけでも知っておきたい」

「若親分の案じなさるお気持ち、よく分かります。なにしろわっしらは正三郎さんとおすみの亡骸《なきがら》を片付けた人間でございますからね」

と答えた惣兵衛が、

「若親分、秋乃がまさかお武家の囲い者になっているなんて知りませんでした。今から一年半も前、わっしの仕事仲間が死んだ正三郎さんのことを酒の席で洩《も》らした記憶が曖昧《あいまい》にございます。酒に酔っていたせいか、記憶が定かではございませんがね、ちょいと明日確かめてみます。なにか関《かか》わりがありそうなことならば、直ぐにその足で金座裏を訪ねます。お互い酔った上での話だ、大した話じゃないかもしれません。そん時は許してくんな」

と言った。

「親方、突然の話ですみません」

「なんの、武吉さんの倅の危難は、わっしら仲間内の家族のことでもある。思い出したことがあればなんでも金座裏にお知らせに上がりますぜ」

との言葉に頷いた政次は左官の棟梁《とうりょう》の家を辞去した。

三

政次が三ノ輪を出たのが四つ（午後十時）過ぎのことだ。下谷《したや》広小路に向かい、上野の山下の東叡山寛永寺寺中をひたひたと歩いた。

羽織の背に銀のなえしを斜めに差し込んでいたが一尺七寸（約五十二センチ）の銀のなえしは羽織の下に隠されて見えなかった。

朝の早い江戸のことだ、もはや町は眠りに就いていた。

豊島屋の屋号が入った弓張り提灯を手に政次は黙々と歩きながら、彦四郎の優しすぎる心根を考えていた。

亮吉は思った考えを迷いなく行動につなげた。それが自分を破綻《はたん》に導くなど考えない。ひたすら情動に突き動かされるのだ。

その結果、いつも泣きを見るのは亮吉だったが懲りようとはしない。また、亮吉の行動は政次らにすぐ見破られて、手配がなされた。

このようなことを子供の頃から何度繰り返してきたことだろう。

亮吉が一度だけ天職と考えてきた金座裏の手先の仕事を投げ出して行動に出たのは、宗五郎がいずれ政次を養子にして、金座裏を継がせる気だと、下駄貫《げたかん》に吹きこまれたときではないか。あれは政次が松坂屋の手代を辞めて、金座裏の手先に鞍替《くらが》えした時期であった。

その後、板橋宿の御用聞き、女男松の先代銀蔵《ぎんぞう》一家の助力で金座襲撃を企んでいた瓢箪《ひょうたん》の猪左衛門《いざえもん》一味に捕らわれた亮吉を無事に取り戻した。一方で金座裏に戻ってきたときには政次への気持ちをすっかり切り替える器用さを持ち合わせていた。

亮吉にはあれこれと数多くのしくじりのおかげで免疫があるといえばそのとおりだろう。亮吉はいつも悲劇になる前にだれかに手助けされていたし、自らも危険の淵《ふち》に近付かない術《すべ》を本能的に承知しているように思えた。

翻《ひるがえ》って政次は、と自分のことを考えた。

慎重の上にも慎重に、石橋を叩いても渡らないことがあるほどの臆病者だった。かっこ付け屋なのかもしれないと政次は自分を分析してみた。失敗したときのことを考え、それが怖くて行動に移さないのだ。

だが、宗五郎の考えを古町《こまち》町人の松坂屋の松六《しょうろく》が受け入れて商人奉公から金座裏に職を転じた折、その臆病さを捨てなければお上《かみ》の御用は務まらないと自らに言い聞かせた。

亮吉のようにがむしゃらに突撃する無謀さも悪党相手の稼業には必要だった。

政次が父親勘次郎《かんじろう》の気持ち、飾り職人を継がせたいと思う心を察しておりながら、松坂屋の奉公を決めたとき、勘次郎は、

「根回しなんぞは餓鬼のやるこっちゃねえ。ちいと知恵がつき過ぎて、一人前の職人にはなれめえ。おれの方から（後継ぎは）お断りだ」

と倅の気性を見抜く発言をしていた。

政次は臆病を胸の中において、果敢に動くように自分を仕向けていた。おそらく自ら意識を変えたことがしほを得た理由だろう。

幼馴染み三人が一様にしほを想う心を秘めていたのだ。

もし政次が松坂屋に奉公したままであれば、しほへの秘めた心情を封印して奉公に専念していたろう。胸中の気持ちを吐露し、しほの心を得るなどなかったろう。

慎重と臆病は紙一重だ。

自ら選んだ商人の道を捨てたとき、政次は学んだ。

彦四郎は政次と同じような気性を持っていたが、政次以上に心根が優しかった。自らの考えを口にすることも表情に表わすこともなく、ただ境遇に耐えた。

だが、そんな彦四郎がすべてをなげうって秋乃という妹のような存在だった相手に入れこんでいる。直情的な危険な行動と、だれよりも当人の彦四郎が承知していた筈

だ。

秋乃は彦四郎の性格をどれほど承知で唆《そそのか》すような行動に出たのか、彦四郎は秋乃の激情をまともにうけて無暗《むやみ》に突っ走っているのではないかと考えていた。

秋乃は三つ彦四郎より年下だった。

だが、幼い時代の彦四郎が妹とも思った秋乃ではなかった。秋乃はただ一人の肉親の父親が若いおすみと首吊り自殺をしている現場を目撃して以来、幼い身で数々の修羅場を潜《くぐ》ってきたと思えた。そして、二十歳にして神田明神裏の妻恋坂に妾宅を構えさせてもらうまでになっていた。

大好きな江戸の堀や川に猪牙舟《ちょきぶね》を浮かべて客を送り迎えする長閑《のどか》な暮らしをしてきた彦四郎とは分別の度合いが違った。

一方彦四郎は一身を賭けた自らの行動をどこか覚めた目で見ている筈だ、と政次は考えていた。

秋乃の想いの強さに惑わされながらも彦四郎がそんな冷静さを保っているような気がした。そして、覚めた目の先には、思い詰めた悲劇が控えていないことを政次は祈っていた。

政次が下谷広小路に出たとき、広小路はがらんとして人影はなかった。九つ（午前零時）の時鐘がいつ打ち出されても不思議ではなかった。

政次の目が黒門《くろもん》町の路地から明かりが出てきたのを止めた。

夜廻《よまわ》りの御用提灯のようだった。先方でも政次の明かりに気付いたと見えて、政次が歩む先に寄ってきた。

「どこへいく。もう木戸はどこも閉まっているぜ」

と手先の一人から声が飛んだ。

「夜廻りご苦労に存じます」

「豊島屋の提灯だな」

と御用提灯を突き出した手先が、

「なんだ、金座裏の若親分じゃねえか」

と驚きの声を上げた。

「黒門町の籐五郎《とうごろう》親分一家の夜廻りでしたか」

という政次の声に御用提灯の後ろから、

「政次若親分、御用の筋ではなさそうだ」

と黒門町の籐五郎の番頭格万屋《よろずや》の常八《つねはち》が顔を出した。

金座裏でいえば八百亀《やおかめ》の役割が常八だ。実家が味噌《みそ》こしから鍋釜までよろず扱う店の八男坊で、御用聞きの手下になったとき、屋号をそのまま頂戴《ちょうだい》して万屋の常八と呼ばれるようになっていた。

「常八兄さん、お久しぶりにございます」

黒門町の籐五郎は同じ北町奉行所の寺坂《てらさか》毅一郎《きいちろう》から鑑札を受けた御用聞きだ。当代で三代目、古手の御用聞きの一人だ。

「若親分、どうやらご存じないようだね」

「と申されますと常八兄さん」

「内藤新宿の質屋の大黒屋《だいこくや》に押し込みが入ったのは昨日の夜明け前らしいや。そやつら、一家と奉公人の五人を殺《あや》めて大胆にも店の表戸に、身内に不幸あり、本日臨時休業の達筆な張り紙をしてよ、昼間半日をかけて店の中を洗いざらい物色して、店の有り金数百両をかっさらっていったばかりか、質草の上物の絹ものなんぞに着替えて、日が落ちて大黒屋を抜け出したそうだ。一味は大黒屋の全員を殺したと思ったらしいが、どっこい見落としがあった。小僧が縁の下に隠れたのを見逃してやがった。その小僧のお陰で素早く手配が回ったというわけだ」

「常八兄い、存じませんでした」

「むろん金座裏にもこの手配廻っていよう。小僧が洩《も》れきいたところでは、一味は野《や》州《しゅう》からの無宿者で、江戸の遊里に潜伏してほとぼりを冷まし、上方《かみがた》に逃げる算段を話し合っていたとか、ことの次第では一つ二つ、質屋荒らしをする心づもりのようだそうだ」

「なんとしても江戸にある内にこやつどもをお縄にしたいものですね」

「いかにもさようですよ」

と言った常八が政次を少し離れた場所に引っ張っていき、

「若親分、今晩は野暮用かえ」

「まあ、そのようなところで」

「おれが占ってみようか」

「常八兄いは八卦見《はっけみ》もやられますので」

「当たるも八卦当たらぬも八卦だ。綱定の彦四郎がこのところ顔を見せないって話だ。その彦四郎を探して歩いていなさるんじゃねえかえ」

「兄さん、降参だ。まあ、あれだけの大男がふいっと姿を暗ませば、龍閑橋界隈《かいわい》の風通りがよくなりますからね、評判もたちましょう」

「やっぱりそうか」

「兄さん、承知のことがあったら教えてください」

「昨日のことだ。親分の使いで本銀町《ほんしろがね》一丁目の古道具屋にいったと思いねえ。するとそこへ居合わせた河岸の連中がさ、綱定の彦四郎が、なんでも姿を消したらしいぜという話をしているのが耳に入ったんだ。それでなんとなく彦四郎の近況を知っていたというわけだ」

本銀町一丁目は西に御堀、北には綱定が店を構える入堀と、年寄り連中が龍閑川とか神田八丁堀とか呼ぶ堀界隈だ。この流れを遊び場にしてきた彦四郎のことを知らない者はいなかった。

「そうでしたか」

「若親分、おれの長屋は神田明神下でね、昨日の明け方、おれのかかあが豆腐を買いにいったと思いねえ。するとよ、半鐘泥棒のような彦四郎を見かけたというんだよ」

と話柄を突然変えた。

「おかみさんは彦四郎を承知にございますか」

政次は念を押した。

「去年の四万《しまん》六千日、浅草寺の帰りにうちの年寄りと一緒に猪牙に乗せてもらったから顔は承知だ。なにしろ若親分と同じくあの体付きだ、鎌倉河岸の仁王様を見間違えるものか」

「彦四郎は一人だったのでしょうか」

「おれも本銀町で耳にしたことがあったから、女房にくどくどと聞き返したんだ。そしたら、女房が言うことにはおみおつけの豆腐を買いにいった折にちらりと見かけただけだ。女の人がかたわらにいたようないないような、曖昧な答えでな。はっきりしていることは彦四郎がどこかに出かける身拵《みごしら》えだったというんだがね」

「常八兄い、助かった。恩にきますよ」

神田明神下は彦四郎が秋乃を送っていった場所だ。

「若親分、うちは神田明神下門前町の万屋って小さななんでも屋だ。あの界隈で聞いてくれればすぐに分かる。もし必要ならば女房が近所の噂《うわさ》話の類《たぐい》は集めてこよう。こういうことはおれたち御用聞きより女の目がしっかりと見ているものだぜ」

「全くです。明日にも神田明神下を訪ねることになりそうです」

「ならば女房にいっておくぜ」

と常八が請け合ってくれた。

黒門町の籐五郎一家の夜廻りと別れた政次は、下谷御成《おなり》道から神田川に抜けようと歩いていった。

常八が話してくれた神田明神下は御成道の西側だ。彦四郎がいるとしたら、すぐ傍《そば》の筈だがと思いながら政次は、神田川に架かる筋違橋《すじかい》を渡った。筋違御門前の広場は、里人は八辻原《やつじがはら》と呼ぶ。この広場に八本の通りや路地が口を開いているからだ。

政次は、武家地と町屋の境から須田町の通りを選んだ。

青い月明かりが落ちる通りを黒猫が悠々と横切っていった。

須田町と通新石町《とおりしんこく》の辻に不意に二つの人影が浮かびあがるように姿を見せた。二人して長羽織をぞろりと来て着流しに白足袋雪駄《たびせった》姿だが、どことなく着こなしが野暮《やぼ》ったい。

「なんだ、脅かすねえ」

と一人が豊島屋の屋号が入った弓張り提灯を見た。

「今晩は」

政次が声をかけた。

「兄さん、馬喰《ばくろ》町はどっちだね」

「旅籠《はたご》にお帰りですか」

「手慰みして遅くなった。つい方角が分からなくなっちまってな」

「ちょいと遠回りになりますがね、私が戻る方角へ数丁行きますと堀にぶつかります。

その堀伝いに牢屋敷裏を通って鉤《かぎ》型に曲がり、土橋を二つ過ぎた左手が馬喰町の旅籠町ですよ、こちらのほうが分かりやすうございます」

と政次が丁寧な口調で教えた。

「兄さんが途中まで一緒に行ってくれるというかね」

「ええ、よければご一緒しますよ」

「助かった」

どことなく二人が安心の顔をした。そこで三人は肩を並べて鍋町から鍛冶《かじ》町に進んだ。

「お二人さんは江戸に商いにございますか」

政次は二人に何気なく聞いた。

「商いね、商いといえば商いだ」

と一人が言うと仲間が笑った。どこか政次を小馬鹿にしたような笑いだった。

「おまえさんはわしらと一緒で遊びの帰りか」

「いえ、そうではございません」

「手代が集金の帰りにしては夜が遅い、一人だと剣呑《けんのん》だ」

政次の様子を窺《うかが》うような口調だった。

「いえ、幼馴染みが女のところに居続けておりましてね、奉公先をしくじってもいけません。その行く先を尋ねにいった帰りです」

と答えながら、政次は懐《ふところ》を片手で押える仕草をした。なんとなく二人の言動に不審なものを感じたからだ。

「おまえさんは豊島屋の奉公人だな、豊島屋とは何屋だね」

「江戸で名代《なだい》の酒問屋にございます。この近くの鎌倉河岸というところにお店《たな》はございましてね、白酒の季節には江戸じゅうの人々が大挙して豊島屋の白酒を買い求めます」

「そんな大店の手代さんか」

と政次の右手にいた一人が仲間を振り見る様子を示した。

「兄さん、女のところに逃げた朋輩《ほうばい》の話は作り話だね、わしらを騙《だま》そうたって無理なことだ」

「なにを申されます、ほんとうの話にございましてね」

政次はいよいよ懐に入れた手拭いを押える振りを続けた。

「わしらの注意を逸らそうたって無理な話だ」

「注意と申されますと」

二人の足が止まった。

政次も止めた。

「手代さん、道案内までさせて悪いが懐の金子、頂戴しようか」

はっ、とした驚きの様子を見せた政次が足下を照らしていた弓張り提灯を二人の顔に突き出した。

明かりが頬の殺《そ》げた顔と無精髭《ぶしょうひげ》で荒んだ感じを映しだした。

「おまえ様方、どういうことです」

「知れたこと、手慰みで負けた金子をおめえの懐の集金の小判で埋め合わせしようという算段だ」

「そんな難題を」

「おお、難題だ。大人しく出さないと突っ殺す。内藤新宿で質屋の一家を皆殺しにしたおれたちだ。大人しく言うことを聞けば命をとることだけは勘弁してやろうか。な、酒十《さかじゅう》」

と言うと懐から匕首《あいくち》を抜いて提灯の明かりにぎらりと刃を煌《きら》めかせ、政次を脅かした。

「おう、どんぐりの兄さん」

と呼ばれた方は確かにどんぐり眼《まなこ》だった。酒十もまたどこから手に入れたか短刀を抜いて逆手に構えた。

「おまえ様方、内藤新宿の大黒屋に半日もいて店の金を洗いざらい盗み出した押し込みの一味にございますか」

「なんだって、おめえは何者だ」

「天網恢恢《てんもうかいかい》疎にして漏らさずにございますよ。つい最前、黒門町の籐五郎親分の夜廻りに会って、おまえさん方の非道を聞いたばかりにございましてね。私は金座裏の宗五郎の跡継ぎにございましてね」

「金座裏だと、江戸で名代の岡っ引きだな」

「いかにも養父は金流しの十手《じって》の親分にございましてね、徳川幕府開闢《かいびゃく》以来の十手持ちにございますよ」

「しまった、酒十」

「ええ野郎を道案内に頼んだもんだぜ。こうなったら、致し方ない。このでくの棒を突き殺して、逃げるぜ」

「お止めなさい」

二人が匕首と短刀を構えて迫ろうという鼻先に政次が弓張り提灯を投げた。提灯を避けて後ろに二人が飛び下がった隙《すき》に懐手を抜くと手拭いが出てきた。

「欲に目が眩《くら》むと手拭いが小判に見えますか」

「おまえのくそ丁寧な言葉づかいにすっかりと騙されたぜ」

両者の間に投げられた弓張り提灯の蠟燭《ろうそく》の火が提灯の紙に燃え移り、めらめらと炎を上げ、辺りを明るくした。

「手向かい致しますとお白洲《しらす》で一段と厳しい沙汰を命じられますよ。ここは神妙にお縄を頂戴致しませぬか」

政次は背のなえしを抜いて、静かに片手正眼《せいがん》に構えた。

赤坂田町《たまち》の直心影《じきしんかげ》流神谷《かみや》丈右衛門《じょうえもん》道場の五指に入ると評される政次の構えだ。泰然自若としてどこにも隙がない。

「こやつ、なかなかの手練《てだ》れだぜ」

「ぬかるな、酒十」

と二人の悪党が政次の左右からそろりと迫ってきたが、政次の落ち着きぶりにそれ以上踏み込めなかった。

「そろそろこの界隈にうちの夜廻りが差しかかる刻限です。いつまでも待っておると大勢に囲まれますよ」

「くそっ！」

と罵《ののし》り声を上げたどんぐり眼の兄いが匕首を翳《かざ》すと一気に政次に詰め寄った。同時に左手からも短刀の切っ先を政次の胸に差し込む勢いで踏み込んできた。

引き付けるだけ引き付けた政次は銀のなえしを左右に神速の早さで振るい、得物《えもの》を持った手を打つと、さらにそれぞれの肩口になえしを叩き込んでいた。

一瞬の早業だ。

棒立ちになった二人がくたくたとその場に崩れ落ちた。

政次は何事もなかったようになえしを背に戻すと懐に隠し持った呼び子を、

ぴいぴい

と夜空に向かって吹き鳴らした。

四

入堀（龍閑川）に架かる今川橋の方角に御用提灯が浮かび、ばたばたと駆け付けてきた者がいた。

「おっ、若親分か」

亮吉の声だ。金座裏の住み込みの面々、常丸《つねまる》を頭分にした亮吉、左官の広吉《こうきち》、波太《なみた》郎《ろう》の四人組だ。

「ご苦労だね」

と政次が常丸らを労《ねぎら》うと事情を話した。

「つい最前に手配が回ってきた一件だぜ。早速手捕りなんてよ、さすがに金座裏の若親分だ」

亮吉が感嘆しながらも広吉と波太郎に指図して、あっという間に捕縄を二人に掛けた。

「下谷広小路で偶然に黒門町の籐五郎親分一家の夜廻りにあってね、事情を聞かされていたから対応できたことですよ」

政次が常丸に語った。

「若親分、内藤新宿の大黒屋に押し入った面々は五人から六人組というぜ。こやつを鍛冶町の番屋に連れていって責めてみるか。仲間の居場所を吐くかもしれねえな」

「出会ったとき、この二人、私に馬喰町はどっちだと聞いたんですよ。どうやら仲間と一緒に馬喰町の旅籠に泊まっている様子だったね」

「こやつらの口を割らせて一気に捕縛しねえと厄介だぜ」

「二人が戻らないことに不審を抱いて、高飛びする前にがさ入れをしたいものだね」

と常丸の言葉に政次が答えて両手を背に回されて捕縄をかけられた二人に活を入れ、息を吹き返させた。

きょろきょろ

と辺りを見回した二人に亮吉が、

「金座裏の若親分に出会ったのがおめえらの不運と思え」

と告げると縄目をとって二人を立たせた。

「これからよ、鍋町の番屋に連れ込んでたっぷりと痛めつけてやる。覚悟しろよ」

二人が首を竦《すく》めたが、それでも平然とした不敵な態度を残していた。

がたん

と音が響いた。呼び子に起こされたのだろう、近くのお店の臆病窓が開いて表の様子を覗《のぞ》く気配が見えた。常丸が、

「わっしら、金座裏の夜廻りだ。悪党を二人ばかりお縄にかけたところだ、安心して寝床に戻りなせえよ」

と事情を告げると、ご苦労さんの声を残して臆病窓が閉じられた。

「亮吉、したたかそうだ。南茅場《みなみかやば》町の大番屋に連れていこう。あそこならどれほどこやつらが悲鳴を上げようが、近所に迷惑をかけることはないからね」

と政次が相変わらず丁寧な言葉遣いで命じた。

「若親分、ならばおれがひとっ走りいって綱定から猪牙を借りて今川橋まで漕いでくるぜ、あとが楽だからな。こんなときよ、彦四郎が入ると手間要らずなんだがな」

と言い残したときにはすでに十間《けん》ばかり先を走っていた。

独楽鼠の亮吉の面目躍如の行動だった。

政次はすでに燃え尽きて、取っ手だけになった豊島屋の弓張り提灯を拾い集めると手にした。常丸も酒十とどんぐり眼が手にしていた得物の匕首と短刀を手拭いに包んで持った。

「歩きねえ」

左官の広吉が酒十の肩を十手の先で押した。

鍋町と鍛冶町二丁目の辻から南に向かい、一行は四丁（約四百三十六メートル）ばかり進んだ。元乗物町を過ぎると龍閑川に架かる今川橋に出た。

その時には龍閑橋の方角から櫓《ろ》の音が響いて猪牙舟が姿を見せていた。

綱定は金座裏の御用達《ごようたし》のような船宿だ。櫓がどこに保管してあるか、すべて飲み込んだ亮吉だけに、やることが素早い。

今川橋で酒十とどんぐり眼の二人に政次一行を猪牙舟に乗せ、亮吉が舟の舳先《へさき》を器用にも龍閑橋へと巡らした。中之橋、乞食《こじき》橋と潜りぬけて綱定の前を過ぎ、龍閑橋を潜ると御堀だ。そいつを左手に曲がって常盤橋を抜けて一石橋《いちこく》で一気に日本橋川に出た。

江戸期、

「一石橋より大川出口迄《まで》川筋」

とあるだけで幕府が定めた名は決まってなかった。だが、それでは不便なので里では日本橋の下を流れる短い川をなんとなく、日本橋の架かる川の意で、

「日本橋川」

と呼ぶものもいた。

この「日本橋川」の長さはわずか九百五十間（約一・七キロ）だが、川幅は日本橋付近で三十六間、下流の鎧《よろい》の渡し場辺りでは六十間もあった。

また、魚河岸を始めとした江戸消費文化の中心の市場、問屋、お店が両岸に看板を連ねていた。それだけに日中の船の往来は繁多で、日本橋は五街道の起点であるばかりか、江戸水上交通の要衝でもあった。

とはいえ、深夜の川だ。往来する船の姿もない。亮吉が小さな体を目いっぱい使って一気に大番屋のある南茅場町に着けた。

「波太郎、猪牙が漕げるな」

猪牙舟が動きを止めたとき、政次が若い手先に問うた。

「独楽鼠の兄さんほどではねえが漕げますぜ」

「ならば親分を迎えに行っておくれ」

「へえ、合点だ」

酒十とどんぐり眼を下ろした猪牙舟の櫓が亮吉から波太郎に代わり、宗五郎を金座裏に迎えにいった。

内藤新宿で大黒屋の家族奉公人の五人を殺害した凶悪な下手人の手配だ。一味の二人の口を割らせて一気に残党が旅籠町のどこに泊まっているか、吐かせるのがまず最優先なことだった。

勝負は夜明け前までの一刻半（三時間）ばかりに限られていた。それだけに宗五郎親分の出馬は欠かせない。

政次らは二人を調べ番屋とも呼ばれる南茅場町の大番屋に連れ込むと板敷にも上げず、広い土間の真ん中に立つ大柱の鉄輪に二人を繋《つな》がせた。そうしておいて番太の与《よ》助爺《すけじい》に、

「与助さん、一杯茶を貰《もら》えませんか」

と願った。

「あいよ、政次若親分」

と答えた与助爺が火に架かる鉄瓶へと歩み寄った。夏だろうが冬だろうが四六時ちゅう火は消えたことはない。

羽織を脱ぎながら政次が、

「お二人さん、与助爺様の白湯《さゆ》を頂戴するのがどれほど幸せなものか、今、私がおまえさん方に分からせてあげますよ」

と言った。

「若親分自ら責めなさるか」

「亮吉、こやつら、なんの罪咎《つみとが》もない大黒屋一家の命を無慈悲に五人も奪い去った連中だ。慈悲などかける相手ではない」

と亮吉に応《こた》えた政次は大番屋の壁に掛かる折れ弓を手にすると二人の前に戻ってきた。背には銀のなえしがまだ斜めに差し込まれていた。

重大な犯罪の場合は与力《よりき》同心が奉行所から大番屋に出張って調べる。

だが、五人を殺害した仲間が高飛びする可能性があり、与力同心を待つ時間の余裕はなかった。

酒十とどんぐり眼は恐ろしげな表情で一心に政次の動きを見詰めていた。

政次は背からなえしを抜くと大番屋の上がり框《がまち》に置いた。そうしておいて折れ弓を片手正眼に構えていたが、

びゅんびゅん

と空気を切り裂く音をさせて振ってみせた。

亮吉が二人の前にしゃがむと、

「おめえら、若親分を嘗《な》めた報いだ。これからたっぷりとお仕置きが始まるぜ。おめえら、野州くんだりの在所者は知るめえが、若親分は江戸で一番厳しい剣道場、赤坂田町の直心影流神谷丈右衛門様の五指と呼ばれるほどの腕前の持ち主だ。おれの言葉がただの脅しかどうか今に分かる」

「ま、待ってくれ。おれたちは内藤新宿の質屋なんぞに押し込んだ一味じゃない。ただ、手代さんを、いや、あの人を脅しつけようと口にしただけだ」

「お二人さん、そんな言い訳は通らないぜ。おめえたちが見逃したことがある。小僧一人が床の下に隠れて震えながらもおめえたちの立てる話し声や物音を聞いていたんだよ。その話によると、酒十って名の野郎とどんぐり眼が一味に加わっていることが分かってんだよ」

亮吉が手配書の内容に作り話を加えて、脅し上げた。すると二人が黙り込んだ。

「亮吉、事を分けて言うても分かる相手ではない、私が責めよう。こやつらがどれほど耐えられるか、まあせいぜい四半刻か、半刻でしょうよ」

と政次が折れ弓を二人の頭上に構えた。

「若親分、万が一ということもある。こやつらが我慢し通したことを考えてよ、おれは指の爪《つめ》の間に打ち込む竹釘を作っておこう。片手の指に一寸半も打ち込めばどんな悪党ものたうち回って許しを乞うからな」

亮吉のはったりに政次が頷いた。

この二人、おぎゃあと生まれたときからの付き合いだけに相手がなにを考えているかくらいお互いお見通しだった。

「亮吉、それを先にやりますか」

と答える政次にどんぐり眼が、

「止めてくれ」

と哀願した。

「酒十さん、名前を教えてくれませんか」

「酒十は酒十だ」

政次の折れ弓が二人の頭上から垂直に立てられると、
はっ
という気合とともに酒十の脳天目がけて振り下ろされた。

びゅん
と折れ弓が鳴り、酒十が両目を瞑《つむ》り、身を縮めた。

「目を見開きねえ」

と亮吉に怒鳴られて酒十がおそるおそる両目を開いた。すると脳天に紙一重で折れ弓が止まっていた。

「次は寸止め致しません」

「造り酒屋の奉公人だったから酒屋の十助《じゅうすけ》、それを縮めて酒十だ」

酒十が慌てて答えた。その顔を政次の冷静な目が睨《にら》んだ。

「在所は下野《しもつけ》岩舟村だ」

政次がどんぐり眼に視線を移した。

「おれは上野《こうずけ》無宿の桜田の平吉《へいきち》だ」

「十助、平吉、馬喰町のなんという旅籠だね」

「旅籠なんて泊まってねえ」

「ほう、私に会ったとき、なんと聞きなさったね。馬喰町はどっちだと尋ねなさった。手慰みしていて遅くなり馬喰町が分からなくなったとも言いなさった」

「嘘だ」

と桜田の平吉が叫んだ。

「亮吉、やっぱり竹釘を十本ばかり作っておくれ。広吉も手伝うんですよ」

と命じた政次の折れ弓がいきなり片手殴りに、
ばしりばしり
と二人の肩口に叩き込まれた。

ああっ！

ぎえっ！

と二人が悲鳴を上げた。

「お二人さん、今のはほんの腕慣らしだぜ」

亮吉が政次に代わって言うと、常丸が現場から持参してきた匕首を摑《つか》み、十助の奥襟を摑んで刃をあて、ずずずっと着物の背を裂いた。

「折れ弓はよ、簡単に皮膚や肉をずたずたにしちまう。骨が見えるときもあるがよ、そこまで我慢できるかねえ」

「止めてくれ」

と平吉が悲鳴を上げた。

「旅籠はどこですね」

「おれたちは江戸を通りかかっただけだ」

「嘘の上塗りですか、もう容赦はしませんよ」

政次が構え直した。

「馬喰町一丁目油屋伊兵衛《あぶらやいへえ》方だ」

「仲間は何人だね」

「四ったり、頭分は勘定谷戸《かんじょうがいど》の茂左衛門《もざえもん》だ」

「間違いございませんね」

「間違いねえ。大黒屋の殺しも茂左衛門と腹心の鹿骨《ししぼね》の松吉《まつきち》がやったことだ」

と聞かれないことまで喋った。

政次が立ち上がったとき、与助爺が、

「若親分、遅くなっちまったよ」

と温《ぬる》めの茶を運んできた。

「なんのことはない。こやつらの白状がいささか早過ぎたんですよ。茶を飲む暇もありませんでした」

と丁寧な口調で政次がうそぶいたとき、宗五郎と寺坂毅一郎が大番屋に飛び込んできた。そして、土間の様子を見て、

「吐いたか、政次」

「寺坂様、こやつらの頭分ら四人が馬喰町の油屋伊兵衛方に投宿しているそうでございます」

「でかしたぜ、若親分」

と手際を褒めた寺坂が、

「相手は四人か、こっちはおれの小者《こもの》をいれて七人」

「寺坂様、なんとかなりましょう」

と宗五郎が応じた。

「よし、出張りだ」

と寺坂が大番屋の壁にかかっていた長十手を手にした。

昼の刻限、亮吉が疲れた顔で豊島屋に顔を出した。さすがに刻限が刻限だ、広い土間にはだれ一人として客はいなかった。

「あら、亮吉さん」

　とお菊が亮吉に気付いて声をかけた。

「隠居はどうしたえ」

「亮吉さん、昼寝ですよ。今年の夏は格別に疲れるんですって」

　と小僧の庄太がお菊に代わって答えた。

「まだ夏は始まったばかりだぜ」

「このところ急に陽気が上がったでしょ、ご隠居の体に堪《こた》えたようなんです」

「急に神信心したりよ、昼寝をしたりし始めたということは、お迎えが近いんじゃないか」

　と亮吉が悪態を吐いたとき、奥から当の清蔵が姿を見せた。

「どぶ鼠、だれのお迎えが近いですと」

「ありゃ、あの世から戻ってこられたぜ」

「馬鹿を言うと出入りは許しませんよ、亮吉」

「そうかい。折角《せっかく》忙しい身で捕物話を持ってきたのによ、帰ろっと」

「待った。なに金座裏で大捕物があったのかい」

「金座裏じゃねえや。馬喰町の油屋に、内藤新宿の質屋大黒屋に押し入り、五人を殺害して金品を奪い取った連中四人が潜んでいたんだよ」

「話しておくれ、ほれ、亮吉。おまえと私の仲ではないですか」

「最前えらく邪険な扱いを受けたような気がしますけどね、ご隠居」

「謝ります、このとおり詫《わ》びます」

清蔵が亮吉に向かって合掌して亮吉が機嫌を直し、昨夜来の顚末《てんまつ》を告げた。

「なんと寺坂様を始め、宗五郎親分に政次若親分三人の揃《そろ》い踏みで、馬喰町の公事宿《くじやど》油屋に討ち入りですか。して、その首尾は」

と清蔵は芝居の台詞《せりふ》もどきに亮吉に語りかけた。

「ご隠居、今日はいくらこのむじな亭亮吉師をのせようたって、こう客がいないんじゃ、講釈を語る気になりませんよ」

「どうなったかだけでも話しておくれよ」

「ご隠居がお察しのとおりだ。寺坂様が長十手、親分が金流しの十手、さらには若親分が銀のなえしを揃えて、油屋の二階への階段を足音潜めて上がると、政次若親分の、『勘定谷戸の茂左衛門、鹿骨の松吉、内藤新宿の凶状は北町奉行所定廻り同心寺坂毅一郎様の知るところなり、神妙になされ！』って啖呵《たんか》が飛んでよ、四人が慌てて枕《まくら》元の長脇差《わきざし》を手探るところによ、長十手、金流し、銀のなえしに打ち据えられて、哀れ、捕らわれの身になりにけりだ。この亮吉様の出番もなかったよ」

と亮吉があっさりと報告した。

豊島屋の店の中にしばらく沈黙が支配した。

「いつもなら捕物話を聞くとわくわくするのにね、今日はおかしいよ。なんとも景気が上がらない」

「ご隠居もそうかい、おれもそうなんだ」

「やっぱり原因はあれかね」

「ああ、彦四郎のことだ」

「そっちはどうなったえ」

「昼前から若親分がしほさんを連れて外出しなさったからさ、ひょっとしたら行方が摑めるかもしれねえな」

「無事に戻ってくるといいがね」

ああ、という亮吉の返事が豊島屋のがらんとした店の中に空《うつ》ろに響いた。

第三話　青梅街道の駆け落ち者

一

その頃、政次《せいじ》としほは神田明神《かんだみようじん》下門前町の万屋《よろずや》らしいなんでも屋の店前に立っていた。

間口《まぐち》一間《けん》半ほどの参道に面した店前には竹笊《たけざる》や鍋釜《なべかま》や茶碗箸《ちゃわんはし》まで堆《うずたか》く積まれてあったが、とても繁盛しているとは思えなかった。それでも土地に根付いて重宝されている様子が窺《うかが》えた。

「ご免なさいな」

としほが薄暗い奥に向かって声をかけた。すると肌着だけの女が姿を見せて、

「神田明神ならこの坂上ですよ」

と教えた。

しほを道を聞きにきた参拝の人間と間違えたようだ。

「おきみさんですね。私どもは金座裏《きんざうら》から参りましたもので」

「えっ」

と驚きの声を発した女が慌てて表を覗《のぞ》き、政次が参道に立つ姿を認めて慌てた。

「若親分さん、ですか」

問い直したのは政次のなりが御用聞きとはかけ離れて、縞《しま》の着流しに夏羽織を着た若旦那風だったからだ。

「はい」

というしほの返事に、

「ちょいとお待ち」

と慌てた女が奥へ入っていこうとした。すると腕が売り物の番傘にあたり、傘が落ちた。すると女は傘を抱えて奥に飛ぶように消えた。

黒門町の籐五郎《とうごろう》親分の番頭格、万屋の常八《つねはち》の家だった。むろん政次としほは彦四郎《ひこしろう》の行方《ゆくえ》を追って常八の女房きみを訪ねたところだ。

しほはみつから渡された手土産《てみやげ》を渡す機を逸したな、と思いながら狭い店の暗がりに猫が丸くなっている光景を見ていた。すると最前の女が、

「申し訳ございませんね、今朝方のことですよ。うちの者からもしかしたら金座裏の

若親分が御用で見えられるかもしれないと聞かされていたばかりなんですよ。うっかりしちまって、参拝の客と間違えちゃって」

とようやく落ち着いた風情のきみにしほが室町《むろまち》の菓子舗の利休饅頭《りきゆうまんじゆう》の包みを差し出した。

「こんな気など使われなくたってようございましたのに」

と肌着の上に古浴衣《ゆかた》を重ねてきたきみがそれでも嬉《うれ》しそうに受け取ったところに政次がしほの傍《かたわ》らに立った。

「おかみさん、常八兄さんの言葉を頼りに参りました。お忙しいところに手間をとらせて申し訳ございません」

と御用聞きらしくもない丁寧な言葉遣いで挨拶《あいさつ》した。

「若親分さん、私の話が御用の役に立つかどうか。なんでも幼馴染《おさななじ》みの船頭さんの行方を捜しておられるとか」

「おかみさんは彦四郎を承知だそうですね」

「去年の四万《しまん》六千日の帰りに背の高い船頭さんの猪牙《ちよき》に乗せてもらいましたからね、覚えておりました」

「その彦四郎ですが、この界隈《かいわい》に未《ま》だおりましょうか」

「分かりましたよ」

とおきみがちょっと得意げに言った。

「彦四郎さんは妻恋坂の小体《こてい》な家にいるようなんですよ。もっともこの一日二日は綺《き》麗《れい》なお妾《めかけ》さんも船頭さんも見ていませんね。妾宅《しょうたく》なんてひっそり閑としているもんですから、外から覗いたくらいじゃ分かりませんけどね」

おきみは秋乃《あきの》の囲われた妾宅を覗きにいった様子で答えた。

「おかみさん、女は秋乃という名ですか」

おきみが頷《うなず》いた。

「女を囲ったのはお武家さんですね」

「はい」

「どなたかご存じですか」

「備後《びんご》福山藩阿部《あべ》様の中屋敷が駒込追分《こまごめおいわけ》近くにありましてね、なんでも中屋敷用人の古《こ》村《むら》五郎《ごろう》次《じ》様と申される五十年輩のお侍だそうですよ。ええっ、これはあの家を口利きした神田明神の宮司さんがもらしたことだから、確かにございましょう。なんでもただ今は国表《くにおもて》にお帰りとか、秋に戻ってこられるって話ですよ」

「旦那は江戸を留守にしておりましたか」

秋乃が大胆にも彦四郎を妾宅に誘った理由を知り、政次は疑問が一つだけ氷解した。

「殿様の参勤下番は去年の夏のことでね。その殿様に急に国許《くにもと》から旦那が呼ばれたのは今年の春先とか。それで急ぎ江戸を離れなさったとかで、当分江戸には戻ってきませんのさ。そんなわけで雌猫が若親分の知り合いの船頭さんを引き込んだってわけさね」

福山藩は備後国南部を領有した譜代《ふだい》大名であり、当代阿部伊勢守正倫《いせのかみまさとも》は、天明期に老中職を務めたこともあった。

「おかみさん、秋乃についてなんぞご存じですか」

「なんでも神田明神の料理茶屋の酌婦をしていた女とかで、ご家中《かちゅう》に出入りの商人が用人さんを接待した席に女がついたとか、出入りの店の番頭が今後のことを考えて仲を取り持ったんじゃないかね」

「料理茶屋の名は分かりますか」

「豆腐料理が名物のあわの雪《ゆき》って店ですよ」

しほにはその前を通った記憶があった。

「私が知るのはそんなところです」

「助かりました」

「若親分さん、妻恋坂を知ってますか。私が案内しましょうか」

ときみが言ったが、

「御用聞きにございますよ、探すのは常八兄さんと同様に商売にございます」

と断った政次に、

「一旦明神下の通りに戻られて北に三丁ばかり行きますと、信濃《しなの》岩村田藩内藤様のお屋敷が左手にございますよ。その角を左に折れたところを登りつめると妻恋坂です。女の家は妻恋神社の下の路地に入ったところです」

と事細かに教えてくれた。

政次としほは、常八の女房に別れの挨拶をすると指示に従い、明神下の通りに戻った。きみの説明が的確だったこともあり、難なくその家を見つけることが出来た。

政次としほは路地から望む下谷《したや》広小路と不忍池《しのばずのいけ》から東叡山寛永寺《とうえいざんかんえいじ》の風景に目を奪われた。なんとも絶景だった。

景色から目を外したしほが政次を、

（どうするの）

という顔で見た。

彦四郎が潜んでいるかもしれない古村五郎次の妾宅は、昼の日を浴びて森閑としていた。

古村宅の梅の古木が路地に差し伸べた枝葉が風に揺れて、しほの顔に光と影を映した。

不意に路地の奥から若い武士が二人姿を見せて、政次としほをじろりと見ると互いに顔を横に振り合い、妻恋坂へと足早に姿を消した。

路地の奥には小普請《こぶしん》方の大縄地（長屋）があったなと考えながらも政次は、勤番者《きんばんもの》の風情だったがと訝《いぶか》しくも頭に二人の風貌《ふうぼう》を刻み付けた。

「私、遠慮しましょうか」

しほが政次に聞いた。

「お互い隠し事なく付き合ってきた仲だ。彦四郎とは御用で会うんじゃない。むじな長屋で一緒に育った政次として会うんだ。しほも一緒に立ち会っておくれ」

しほが頷き、政次が手拭《てぬぐ》いで項《うなじ》の汗を拭うと前帯から夏羽織の背に短十手《みじかじって》を移した。

格子戸《こうしど》に政次が手をかけてみた。すると鍵《かぎ》がかけてなく、すうっと開いた。格子戸から玄関まで玉砂利に飛び石が置かれて左右にはおかめ笹《ざさ》が植えられて涼しげだ。

玄関の雨戸は開けられていたが、内側の障子戸に心張《しんば》り棒が掛けられていた。

「ご免なさいな」

しほが二度三度と呼んだ。

奥で人の気配がしたが、すぐに動く様子はない。それでもしほが辛抱強く呼びかけると女の声に安心したか、玄関に立つ人影があって、どちら様かと聞いた。

しほは野暮《やぼ》ったい口調に秋乃ではないと直感した。

「私、町内の者なんですけど」

凝った造りの障子戸が引き開けられた。十五、六の小女《こおんな》が怯《おび》えた様子で身構えた。

「秋乃様にお目にかかりたいのです」

政次は、彦四郎も秋乃も不在だなと思った。

「留守です」

「あら、どちらへ」

しほの反問に小女が怯えた顔で首を横に振り、

「知らねえだ」

と在所訛《なま》りで否定した。

「お帰りはいつかしら」

無言の儘《まま》にさらに激しく顔を振った。

「こちらに彦四郎さんがお邪魔していますね」

はっ
と驚きを体で表した小女が口を噤《つぐ》んだ。

「すまない、おまえさんを驚かすつもりはないんだ。私はね、金座裏の政次といってね、彦四郎の幼馴染みなんだよ。彦四郎が突然姿を消したんでね、あの界隈ではだれもが彦四郎の身を案じているんだ、それでこうして訪ねてきたというわけだ。どうか二人の行き先を教えてくれないか。秋乃様と彦四郎の二人に悪いようにはしないつもりだ」

「政次さんって御用聞きの若親分かね」

「承知でしたか」

うん、と小女が頷いた。

「秋乃様は彦四郎さんを誘って旅に出られただ」

「いつのことです」

「一昨日《おととい》の明け方のことだ」

「どちらに行かれました」

小女が顔を横にふり、

「秋乃様は親父様《おやじ》の遺髪の入った骨壺《こつつぼ》を抱いて、七日から八日家を空ける。遅くなっても十日後には戻ってくると言い残しただ」

「おまえさん、名はなんと言われる」

「おしか」

「おしかさん、ほんとうに行き先を知らないんだね」

おしかが顔を横に振った。

「おしかさんの他に旅に出ることを言い残したところがあるだろうか」

しばらく考えたおしかが、

「もしかしたら、昔の奉公先のあわの雪の女将《おかみ》さんには言われたかもしれねえ。女親のようなお方だからな」

「神田明神脇の豆腐料理のお店ですね」

おしかが頷いた。

「おしかさん、私どもがこちらに来るとき、路地で二人の武家とすれ違いました。なんぞこの者たちとこちらに曰《いわ》くがありませんか」

おしかの顔に漠とした恐怖が浮かんだ。

「どうした、なにかあれば私に話しておくれ。決して悪いようにはしないから」

「おまえ様方の前に秋乃様を訪ねてきたお侍がいただ。しつこくどこに行ったか問い質《ただ》したけんど、おら知らねえと答えるしかなかっただ。あいつら何か月も前からこの家を見張っているだ」

「若い侍の二人連れかな」

おしかが頷いた。

「こちらの主様は古村五郎次様だね」

「あい」

「あの二人、備後福山藩のご家中の方と思うか」

「おらには推量つかねえ」

それがおしかの答えだった。

「おしかさん、独りでこの家にいるのが怖くはないの」

「おら、奉公人だ。これが仕事だ」

「おしかさん、なにかあったら、いつでも金座裏の宗五郎《そうごろう》の家を訪ねてくるのよ。御城近くで金座裏と聞けばだれでも分かるからね」

しほの言葉におしかが大きく頷いた。

政次は表に出て古村五郎次の妾宅を見張る武士二人に出会うかと思ったが、それはなかった。

二人は妻恋坂を登り切り、武家地を大きく左回りに神田明神の門前に出た。万屋がある坂下の門前町とは違い、こちらは坂上だ。

豆腐料理が名物のあわの雪は門前町の南西、昌平《しょうへい》坂学問所の白塀と道を挟んで向き合う場所にあった。敷地も広く、門外から見る茅葺《かやぶき》の建物もなかなかのものだった。

「しほ、少し遅いが昼餉《ひるげ》を食していかないか」

政次の言葉にしほが破顔した。

「でも、彦四郎さんの探索が先じゃないの」

「どうやら半刻一刻を争う話ではなさそうだ。まず秋乃が骨壺を抱いて向かった先を調べる要がある。こちらでひょっとしたら、よい話を聞かせてもらえるかと思ってね」

と政次が言うと冠木《かぶき》門を潜《くぐ》って田舎家《いなかや》造りの玄関に立ち、そこに掛けられていた木魚を木槌《きづち》でこんこんと叩《たた》いた。すると直《す》ぐに、

「いらっしゃいまし」

と年増《としま》の女が出てきた。召し物から推測して女将であろうか。

「刻限が過ぎておりますが昼餉を食べさせて頂けましょうか」

「金座裏の若親分とお嫁様のご入来、どうして断れましょうか」

　と笑みを浮かべた女が、

「主のさわにございます」

　と名乗った。

「女将様の察しのとおり、私が金座裏の若輩者の政次、連れで女房のしほにございます」

「政次さんとはお話ししたことはございませんでしたが、私は松坂屋《まつざかや》の時代から顔を承知していましたよ」

「女将さん、それは飛んだ失礼を」

「それにしほさんも承知です。白酒売りの日には豊島屋《としまや》さんに毎年並ぶ口ですよ」

　と笑いかけた。

　案内された座敷は庭に面しており、苔《こけ》むした岩の間に山躑躅《つつじ》が咲いてなんとも風情があった。

「料理はお任せ申します」

　と言った政次はしほに、

「酒を一本だけ貰《もら》おうか」

と断った。

「お二人の祝言はこの前のことでしたね。金座裏は大所帯、時にお二人になるのもようございましょう」

と言い残して台所に下がったさわがまず酒と猪口《ちょこ》を持って座敷に戻ってきた。

政次としほはさわの酌で一杯だけ口をつけた。

「さわ様、いささか尋ねたいことがありましてこちらに窺いました」

「やはりうちの豆腐を目当てではなかったのですね。御用とはなんのことでございますか」

「古村五郎次様に囲われた秋乃様がこちらにご奉公だったと聞いたものですから」

「秋乃になんぞございましたか」

「いいえ、そうではありません。私が探しているのは幼馴染みの彦四郎にございます」

と答えた政次は差《さ》し支《つか》えない程度に彦四郎が秋乃と再会して行方を絶った事実を語った。

さわはしばらく沈黙していたが、

「いつかはなにか起こると思うておりました。いえね、あれほどの美貌の秋乃ですが、なにやら暗い翳《かげ》が付きまとっております。一年前、桂庵《けいあん》の紹介でうちに奉公にきて二《ふた》月目《つき》に古村五郎次様の目に留まりましてね、私が古村様から相談を受けたときにはもう妻恋坂の家を手に入れられて秋乃を住まわすばかりになっておりました。ためにそのことを申し上げる機会を失しました」

「秋乃様はこちらにいたのはわずか二月ほどですか」

「そんなものでしょう。酌婦が座敷で目に止められて囲われる、大した出世です。そのことを考えて古村様にお仕えしなさいとくれぐれも言い聞かせて妻恋坂に送り出しました。そのせいか時々うちに客として顔を見せるようになっていました。美貌の上に利口、あの翳さえなければね、あの翳は他人を不幸に巻き込む翳です。もっとも殿《との》方《がた》にはあの憂いを含んだ翳がたまらないでしょうね」

　とさわが言い切った。

「此度の彦四郎の一件、さわ様は承知でしたか」

「いえ、それは存じません。まさか旦那が留守の間にいくら兄さんのような人とはいえ他の男を引き込むなんて」

「こちらを訪ねる前に妻恋坂を訪ねて参りました。いたのは小女のおしかが独りだけで、秋乃様は彦四郎を伴い、旅に出たというのです。ご存じでしたか」

　さわが頷いた。

「まさか彦四郎と申される兄さんと一緒とは知りませんでした。秋乃はお父っつあんの遺髪を檀家寺に預けるのだと申しておりましたっけ。その言葉に間違いなければ、秩父《ちちぶ》の少林寺に向かっていると思いますけど」

「ようやく彦四郎の影を摑《つか》まえる手がかりを得ました」

政次は礼を述べた。その上で、

「旦那の古村五郎次様は、ただ今お国許に戻っておられるのですね」

しばらくさわは沈思していたが、

「一月《ひとつき》前に江戸に戻っておられます」

と言い出した。

二

政次としほが金座裏に戻ったのは七つ（午後四時）に近い刻限だった。格子戸前で波太郎《なみたろう》に会った政次は、

「親分はおられるか」

と聞いた。

「へえ、最前まで寺坂《てらさか》様がお出《い》でにございましたので居間におられます」

「寺坂様は昨夜の一件だな」

波太郎が頷いた。

寺坂は若いころ、自分を引き回して同心とはなにかを一から叩きこんでくれた宗五郎を先輩と立て、奉行所に呼び出すより自ら動いて金座裏に顔出ししてあれこれと指示したり話し合ったりすることが多かった。

奉行所の古手同心の中には、

「金座裏がいくら開闢《かいびゃく》以来の御用聞きとはいえ、われらから鑑札を受けている岡っ引きに変わりあるまい。その岡っ引きの所に上役の命《めい》でもないのにひょこひょこと同心が顔を出すのはどんなものか」

と陰口を叩く者もいたが寺坂毅《き》一郎《いちろう》は平気なものだ。まあ、金座裏を訪問することは寺坂の息抜きでもあった。

「波太郎、綱定《つなさだ》にひとっ走りいってくれないか。親方の大五郎《だいごろう》さんがおられたらうちまでご足労願いたいと申し上げるのだ」

「へえっ」

と畏《かしこ》まった若い手先が表に飛び出していった。

「ただ今戻りました」

しほの声におみつが姿を見せて、

「昼餉はどうしたえ」

とそのことを案じた。

「思いがけなくも神田明神上のあわの雪で豆腐料理を若親分に馳走《ちそう》してもらいました」

「あわの雪ね、私もしばらく行ってないよ。この季節、涼しげでさぞ美味《おい》しかろう。この次は私を誘っておくれな」

おみつが若夫婦に願った。

「必ずお誘い申しますよ、おっ養母《か》さん」

と応じた政次は居間に向かった。

宗五郎は縁側で菊小僧《きくこぞう》の足の爪《つめ》を切っていた。だが、子猫は暴れてなかなか宗五郎の思うようにはならない様子だった。

「古《いにしえ》のどなた様かじゃねえが、鴨《かも》の流れと菊小僧ばかりはどうにも手の打ちようがねえぜ」

とため息を吐《つ》いた宗五郎が、

「手が傷だらけだぜ、諦《あきら》めた」

と菊小僧を膝《ひざ》から下ろして政次を見た。

「大五郎親方を呼んでございます」

「ということは進展があったということだ」

宗五郎の言葉に政次は頷き答えた。

「いい進展とは申せますまい」

「大五郎さんの来られるまで間があろう。暑苦しいや、羽織なんぞ脱いでこい」

という養父の言葉に政次は若夫婦のために用意された廊下の突き当たりの二間続きの座敷に入り、しほの手を借りて普段着に着替えた。

居間に戻ると宗五郎が、

「寺坂様が内藤新宿の大黒屋の押し込みの下手人六人組を早々に捕まえたのは手柄である。さすがに金座裏、やることが素早いと奉行《ぶぎょう》の小田切《おだぎり》様のお言葉を伝えに来られたのだ」

「それはようございました」

「政次の手柄だ。そのうち小田切様からお呼び出しがあるとよ」

「偶然に出会った二人組《くみ》が私を与し易しとみたか勝手に豹変《ひょうへん》したのが馬喰《ばくろ》町の捕り物につながっただけにございます。あの者どもの軽率がこの結果を生んだだけです」

「おめえには悪党を引き付け、豹変させるなにかがあるということだ。こいつは御用聞きにとって得がたい取り柄だぜ。せいぜい大事にすることだ」

宗五郎が言うところに波太郎が、

「綱定の親方をお連れ致しました」

と大五郎を伴って姿を見せた。

「親分、政次さん、なんぞ彦四郎のことで分かりましたな」

大五郎の顔に憂愁があった。

波太郎が玄関口の控え部屋に去り、居間は三人の男だけになった。

「大五郎さん、親分、彦四郎はどうやら秋乃に導かれて武州《ぶしゅう》秩父に参ったようにございます」

と本日得た見聞のすべてを告げた。

「その遺髪を秩父にね。正三郎は秩父の出かね」

「三ノ輪の棟梁《とうりょう》の口からはそのようなことは出てきませんでした。事の次第では三ノ輪に今一度確かめに参ります」

政次の言葉に思案するように頷いた宗五郎が、

「ちょいと気になるのは、秋乃の旦那が一月前に江戸に戻ってきている事実と妾宅が家中の人間らしい二人に見張られていたということだな」

と言い出した。

「阿部様は数年前まで老中を務められた譜代大名だ、町方《まちかた》がそうそう簡単に立ち入るところじゃねえや。こっちの調べは二、三日かかろう。政次、秩父には明日にも立つか」

宗五郎は備後福山藩の江戸屋敷の内偵はこちらですると言っていた。

「なんとなく秋乃と彦四郎の二人旅の様子が気になります。親分のお許し次第で明日にも二人の後を追おうかと存じます」

「ならばおれの方で阿部様になんぞ内紛が生じているかどうか調べてみよう。その上で秩父の飛脚《ひきゃく》問屋に手紙を届ける」

「連れに亮吉《りょうきち》を伴ってようございますか」

「むじな長屋で育った三人組のかたわれの危難だ。亮吉を江戸に残したらおれが恨まれる」

と宗五郎が笑った。

「親分、やはり彦四郎と秋乃さんの旅はただの旅ではないとお考えで」

と大五郎が問うた。

「大五郎さん、御用聞きの勘かね、なんとなく胸騒ぎがするんだ。政次、おまえもそう思うからこそ大五郎さんを呼んだんだろうが」

と宗五郎が政次に問いかけた。

「皆さんご存じのように普段ならこのように女の誘いにのめり込んでいく彦四郎ではございません。それが今回ばかりは常軌を逸してしまった。妹のように可愛《かわい》がっていた秋乃との再会に彦四郎は抑制の箍《たが》を一気にばらばらに弾けさせたようです」

「若親分、おれもそこんところを案じているんだ。あいつはしばらく様子を見ていてくれないかと願ったが、女の深情けに一気に引きずりこまれたような気がする。まさかとは思うが心中立てなんぞを演じて欲しくねえ」

額を合わせた三人は期せずして秋乃の父親の心中事件を脳裏に思い描いた。

「ちょっとようございますか」

としほの声がして宗五郎が、入りねえと許しを与えた。

しほは一枚の紙を持って三人の前に姿を見せた。

「あわの雪の女将様方に見てもらい、秋乃様の人相描きに手を加え、色を付けてみました」

としほが三人の男の前に紙を広げた。

「なにっ、彦四郎がのめり込んだ女はこんなにも妖《あや》しげな美形にございますかえ。うーん、こいつはちっとやそっとでは正気に戻りそうもねえな」

と大五郎が唸《うな》って頭を抱えた。

しほが見習い船頭の曖昧《あいまい》な記憶から起こした線描に小女のおしかとあわの雪のさわから得た印象を描き足した似顔絵だった。特に客商売のさわの記憶が具体的でしほが絵を描き直すのに大いに役に立った。

細身の女が霰《あられ》模様の小紋の下に古瓦模様の長襦袢《ジュバン》の裾《すそ》を出して、市松柄の帯を締めた着こなしは、武家の凜《りん》とした香気と町女の艶《えん》が混じって、なんとも危うい魅力を醸し出していた。

「船頭という商い、客からあれこれと吹きこまれるせいで耳年増のようになってなんでも承知って世間様が思うかもしれないが、彦四郎には手練《てれん》手管《てくだ》に長《た》けた女の扱いが慣れていたとも思えねえ。親分方が案じなさる気持ちがよく分かった」

と大五郎が言った。

「親分、私は鍋町西横丁を訪ねてこようと思います」

「おれもいこうか」

と大五郎が言い出した。

「親方がご一緒したら武吉《ぶきち》さんが恐縮しましょう。私が参り、事情だけを伝えておきます。親方には彦四郎が綱定に戻ってきた折に必ずや力を借りることになろうかと存じます。そのとき、宜《よろ》しく願います」

政次の言葉に大五郎が頷いた。

政次がしほに見送られて金座裏を出ようとしたとき、稲荷《いなり》の正太《しょうた》を頭分にした町廻《まちまわ》りの手先たちが戻ってきた。

「若親分、どこぞに出かけるのか」

と額に汗を光らせた亮吉が声をかけてきた。

「ちょうどよかったよ、亮吉、付き合ってくれないか」

「あいよ」

亮吉は二つ返事だ。

政次はしほに亮吉を連れていくことを親分に伝えてくれるように願い、本革屋町の道に出た。その道を北に向かえば、龍閑《りゅうかん》川に架かる中ノ橋を越えて竪大工《たてだいく》町と多町の辻《つじ》に出る、その東側が鍋町西横丁だ。

「明日から旅に出る」

「旅って、おれもかえ」

「そうだ。私と亮吉の二人旅だ」

「彦四郎と係わりがある旅だな」

領いた政次はその日の進展を道々告げた。

「なんだって、彦四郎、女に誘われて十数年前に心中した親父の遺髪を秩父の寺に納めに行ったって。こいつは彦四郎め、ぞっこんだぜ」

「彦四郎の親父とお袋様に断っていこうと思ってね」

「鍋町西横丁にいくのか」

「そういうことだ」

亮吉はしばらく黙って歩いていたが、

「若親分はなにを心配してんだ」

と聞いた。

二人はすでに彦四郎の親父が住む長屋近くまできていた。

「まさかとは思うがね」

「親父と同じように秋乃が彦四郎を誘って心中をと考えているのか」

「なんともな」

「たしかに此度の彦四郎の行動はいつもと違う。あいつは石橋を叩いても渡らないほどの慎重居士《こじ》だぜ。そいつが女郎蜘蛛《じょろうぐも》に絡め捕られたようにのめり込んでいった」

「亮吉、彦四郎と秋乃が出会った十数年前のことだって、彦四郎は私たちになにも話さなかったな」

「それだ。えらく水臭いぜ」

「それほど彦四郎と秋乃の間には私たちさえ拒むほどのなにかの秘密があったということだよ」

「三つ四つの娘と七つ八つの彦四郎だぜ。餓鬼の付き合いなんて高が知れていようじゃないか」

「いや、私たちが窺い知れない絆《きずな》があるんだ。でなければ、こんどのことが説明できない」

「おれには妾《めかけ》になった秋乃の手練手管に嵌《はま》っただけだと思えるがね」

「なんにしても武吉さんとなみおばさんを心配させてはいけない。心中なんて話は二人の前にはなしだ」

亮吉が分かったというように頷いた。

左官職の武吉はちょうど仕事から戻ってきたところのようで、井戸端で水浴びをしていた。

「親父さん」

と亮吉が呼びかけた。

「おおっ、若親分に亮吉か。彦四郎の行方が分かったか」

と武吉が下帯《したおび》ひとつで応じた。

「明日から若親分と旅に出ることになったんだ」

「なんだ、彦四郎のことは放《ほう》り出してか、友達甲斐《がい》もないな」

「長屋で待たせてもらうよ」

と亮吉が言うと政次を自分の長屋のように誘い、

「なみおばさんよ、政次と亮吉だ。上がるぜ」

と返事も聞かずに板の間に上がり込んだ。だが、なみはいない風でどこからも返事はない。

「若親分、遠慮なんてしなくていいよ。餓鬼のころはよ、むじな長屋のどこもが自分ちみたいだったものな」

と言った。すでに奥の座敷には武吉の夕餉の膳が出ていて、政次がどうしたものかと迷っていると、なみが木戸口から戻ってきた。

「表で聞いたよ、政次さんが訪ねてくれたってね。此度は彦のことで世話をかけて申し訳ないよ」

と言う所に武吉も肩に古浴衣をかけて井戸端から戻ってきた。

「なみ、二人はよ、道中に出るんだと。うちの彦四郎のことはどうなんだろうな」

と言い出した。

「親父さん、そのことでお邪魔したんでございます」

「なにっ、政次さん。旅は彦四郎の一件かえ」

頷く政次を武吉は、上がってくんな、政次さんと居間に上げた。

「おっ母、二人に膳の用意をしてやりな。なあに菜がなければ酒だけでもいいさ。この暑さの中、彦四郎のことで迷惑をかけてんだ」

と武吉がすでに座す亮吉の前に腰を下ろした。そして、政次も武吉の前に座った。

「おれがどうしても不思議なのは彦四郎が政次さんと亮吉の二人に秋乃のことを話さなかったことだ。おめえたちは兄弟以上の仲、むじな長屋で一つのものを三つに分けて育ってきたんだ。なぜ、彦四郎は、秋乃のことを話さなかったのか。親父の心中騒ぎを隠していたことで彦四郎の気持ちが頑《かたく》なになったことはおれにも察しがついたさ。だけど十かそこらの彦四郎にどうして言えるよ」

と武吉は一気に溜《た》めていた考えを吐き出すように言った。するとなみが、

「おまえさん、若親分たちに愚痴を言うのが先じゃないよ。二人の話を聞くのが大事なことだろうが」

「おっと、しまった。いかにもそうだ。すまねえ、若親分、こんどの一件はどうも釈然としねえんだ。だからつい愚痴が口をついた」

首肯《しゅこう》した政次は彦四郎が秋乃と秩父に親父様の遺髪を少林寺という寺に納めにいった経緯を語った。

「なに、十二、三年も前に独り娘を残して勝手に若い女と心中した正三郎の遺髪をよ、寺に納めにいく旅に彦四郎を誘ったというのかい」

政次が頷いた。

「おかしいじゃねえか。秋乃があの後、どんな暮らしをしていたか知らないが親父の遺髪くらい寺に納める機会はなんぼもあったろうじゃないか。なぜここにきて彦四郎を誘って秩父にいくんだ」

「親父さん、そいつを知るために若親分とおれが二人のあとを追うんだよ。気持ちがしっくりとしめえが、おれたちの帰りを待ってくんな」

亮吉が武吉のざわついた気持ちを鎮めるように言った。

なみが二人の膳を運んできた。

「まあ、ひとつ」

となみが政次に盃を持たせて冷酒を注《つ》いだ。そして、亮吉にも同じように酒を注ぎ、武吉は独酌で酒を盃に満たした。そして、なにか考えに耽《ふけ》っているのか、盃を口に持っていった。

「おまえさん、独りで飲んで」

「黙ってろ、なみ」

と押し殺した声でなみを叱《しか》りつけた武吉が、

「若親分、秋乃はお武家さんの囲い者だな。そいつが彦四郎を妾宅に誘い込み、旅まで一緒にしたとなるとただではすまないぜ。おまえ方は彦四郎と秋乃がまさか親父と一緒の真似《まね》をするんじゃないかと思ってあとを追うんじゃなかろうね」

その言葉を聞いたなみがおろおろとした。

「彦の馬鹿が」

さらになにか言いかけたなみが必死で口を噤んだ。

「武吉さん、今のところ分からないことだらけなんです。ともかく一日も早く二人の行方を突き止めます。それまで辛抱願います」

と政次が頭を下げた。

「頭を下げるのはこっちだ。もう十分に分別がついた彦四郎と思っていたが、こんなことをしでかすようじゃあ、まだ半人前だ。なんとしてもひっ捕まえて首に捕縄かけても江戸につれ戻してくんな、若親分、頼んだぜ」

と武吉が正座すると政次と亮吉に頭を下げた。

「親父さん、おれたちはむじな長屋の兄弟だ。なにがあっても絆が切れることはねえ。ほんの数日だ、辛《つら》かろうが我慢してくんな」

と亮吉も言った。

「分かった」

と応じた武吉が、

「なにかおれたちに出来ることはあるか」

「武吉さん、秋乃の親父様は秩父の出にございましょうか」

「おれが覚えているのは十六、七で上方《かみがた》に左官の修業に行かされたってことくらいだ。生まれは信濃と聞いたような気がするがな、定かではねえ」

「そうでしたか」

「親父は女が勝手に寄っていくようなほれぼれする男前だった。どうやら秋乃も男を狂わすほどのいい女のようだな。そいつがいい運をもたらすとばかりは言い切れねえ。親父の真似を二代して繰り返さないでくれ、頭まあ」

と武吉の言葉はだれに告げるともなく吐き出され、切なく政次と亮吉の胸を打った。

三

翌朝七つ（午前四時）、金座裏から大小二つの人影がしほの切り火に送られて御堀端に出た。むろん大小の影は旅仕度の政次と亮吉だ。まず二人は内藤新宿を目指してひたひたと進む。二人して旅には慣れた健脚だ。

明け六つ前に内藤新宿の追分で青梅《おうめ》街道の道をとった。

「亮吉、少し先に行って休むが、いいか」

「おうさ、おれはかまわないぜ」

と亮吉が応じて内藤新宿を一気に通過した。

青梅街道は甲州道中の北を並行して江戸と甲府を結んだ。ために、

「甲州裏街道」

とも呼ばれた。

古より多摩川上流域の物資の集散地として栄えた青梅は、江戸幕府開闢の折、城や

江戸の町造りで脚光を浴びた。千代田城や武家屋敷の白壁に用いる石灰の産地として知られていたからだ。

慶長十一年（一六〇六）の江戸城の大改築の折には、幕府は代官頭大久保長安に石灰の採掘と上納を命じている。そこで大久保は青梅街道の中継宿の継立場《つぎたてば》を設けて、この街道の南を並行して走る五日市《いつかいち》街道とともに整備した。そんなわけで甲州裏街道が整備された。だが、裏街道は裏街道で表道中よりも道沿いは人家もまばら、ひたすら武蔵野《むさしの》台地を西に進むことになる。

江戸と青梅間は十一里、女連れならば二日の道程だった。

二人は中野宿の街道沿いのめし屋で朝餉を摂った。

亮吉は念のためとしほから預かってきた秋乃と彦四郎の似顔絵をめし屋の女衆に見せると女衆が奥から男衆を呼んで、

「おまえさん、三日前に駕籠《かご》を雇った二人じゃないかね」

と見せた。二人は夫婦者か。

「おっと、こいつは間違いねえ。なんとも綺麗な新造さんが足に肉刺《まめ》を作って歩けないってんで馬か駕籠を雇えないかって仁王様のような雇い人の兄さんから相談があったんだ」

旅人を見慣れためし屋の夫婦は秋乃と彦四郎を女主と奉公人と見たようだ。

「肉刺はひどいかね」

「ご新造さんは歩き慣れないとみえてひどい肉刺だったな。男衆が甲斐甲斐しくも面倒を見ておられた」

「どちらに行くと言っていなかったかえ」

「駕籠かきには青梅まで行きたいと願われていたが、田無《たなし》までしかいかないと断られて、その先は馬を雇うとご新造さんに請け合っていたな」

と彦四郎と秋乃の行動を覚えていた。

「若親分、幸先いいぜ」

と亮吉が喜び、若親分との呼びかけを耳にした亭主が目を丸くして、

「あの二人、江戸でなんぞやらかしたかね」

「なあに、駆け落ち者だ」

と亮吉がいい加減な答えで応じた。

「はあーん、どおりでな、若い新造さんが奉公人を誘って年寄りの旦那から逃げ出した図かね」

「まあ、あたらずとも遠からずだ」

と亮吉が応じてめし屋の夫婦の好奇心を満たした。

二人は早々に朝餉を済ますと道中に戻った。

中野宿から井草《いぐさ》、伏見、田無、小川を経て夕暮れには青梅に到着していた。

なんとも凄《すさ》まじい健脚である。

古来より青梅村は多摩川左岸に立地し、青梅街道の宿駅がおかれ、幕府代官の青梅陣屋も設けられる土地だった。

慶長三年（一五九八）の検地帳には長淵《ながぶち》郷青梅村と記されてある。寛永年間（一六二四〜四四）、段丘下から青梅村は段丘上の街道上に移転された。

宝暦四年（一七五四）の記録に青梅縞を織り出して青梅村、新町村で売り出したとある。また『武蔵志』によれば、

「青梅は市二十七、糸入縞、炭を交易専らなり」

とある。ともあれ甲州街道の裏道として、交通の往来が頻繁にあったことが窺えた。

「青梅の町の泊まりやの、数ある中でみわたせば、下には伊丸屋、蔦屋とて、世に名のしるき青梅縞、中は高田屋、北島屋、角屋の前をうちすぎて、上は大和屋、石川屋」

と古書にある。上、中、下とは上町、中町、下町のことで宿の長さは六丁（約六五

四メートル）に及んだ。

青梅縞という織物産業を中心に奥多摩地方の交易交通の要衝として栄えてきた青梅宿で二人は手分けして彦四郎と秋乃の姿を求めて聞き込みをした。

このような場合、彦四郎の長身と秋乃の美貌はなんとも特徴的で、さらにしほの人相描きがあったから、直ぐにも見つかるかと思ったが、下町にも中町にも上町にも二人が投宿をした様子がない。

青梅宿伝馬《てんま》問屋の前で落ち会った二人は、

「おかしいな、若親分。彦四郎の奴、おれたちが追ってくることを承知で道を変えたかね。中野宿の飯屋にわざと痕跡《こんせき》を残したんじゃないかね」

と亮吉が首を捻《ひね》った。

うーん
と政次も首を傾《かし》げた。

中野宿から北に道をとり、川越《かわごえ》街道に出て秩父に入る道もないことはない。だが、旅慣れない秋乃が連れだ。

「たしかに私たちのやり口を十二分に承知の彦四郎だ。考えられないことではないがね」

と答えた政次だが、亮吉が推測した行動は彦四郎の気性とはそぐわないような気がした。

もう刻限は暮れ六つ（午後六時）を大きく過ぎていた。

伝馬問屋の表戸は閉じられていたが戸の隙間《すきま》から明かりが零《こぼ》れているのをみた政次が、

「私は彦四郎が秩父に入るために青梅街道を取ったとみた。そこでだ、秋乃に馬をたのむとしたら伝馬問屋に相談すると思わないか」

と亮吉に言った。頷くより早く亮吉が行動して、伝馬問屋の戸をとんとんと叩いた。

「今日は店仕舞いだよ、明日にして下せえ」

「ちょいと御用の筋だ」

と一言で戸を開けさせた亮吉は、嫌々応対に出てきた男に秋乃と彦四郎の人相描きを突き出した。

相手は身を避けて中からの明かりで絵を確かめていたが視線を上げて亮吉を見た。

「おまえさん方、本当に御用聞きか」

「後ろのお方は江戸金座裏に幕府開闢と時を同じくして御用聞きの金看板を上げた金流しの宗五郎一家の十代目だぜ。おれは一の子分の亮吉だ」

亮吉が答えながら念のために懐《ふところ》に忍ばせてきた短十手の柄を見せた。

「ふーん」

と相手が応じてようやく二人は伝馬問屋の土間に入れてもらった。

応対した男衆の他に年寄りが帳付けしていた。その年寄りがなんですね、という体《てい》で眼鏡《めがね》をかけた顔を上げた。

「仕事中、すまねえ。おまえさん方、この二人をご存じのようだね」

と年寄りにも亮吉が人相描きを見せると眼鏡を鼻の頭から上げて、とっくりと見ていたが、

「よく描かれているよ」

と感想を洩《も》らした。

「そりゃ、そうだ。北町奉行小田切様ご公認の女絵師が腕を振るった人相描きだ、似てなくてどうする」

と亮吉が威張り、

「馬を雇ったんだね」

と問うた。

「名栗《なぐり》村までな」

「昨日の朝のことか」

頷いた年寄りが、

「今頃は秩父に着いておろう」

と言い添えた。

「女の肉刺は馬に乗るほどひどいんだね」

「兄さんが甲斐甲斐しく治療していたで、ゆっくりならば歩かれないこともあるまい。旅慣れてねえ女を庇《かば》ってのことだね。まあ、路銀には不足はないようだしな」

「一昨日の夜はこの宿の旅籠《はたご》には泊まらなかったのかね。おれっち、上、中、下宿の旅籠を虱《しらみ》つぶしに聞き込んだが二人が投宿した様子はなかった」

「この宿ではねえ、長淵宿の旅亭澤水《さわみず》の離れ屋だ。多摩の流れに向かって下れば篝火《かがりび》が焚《た》かれた大きな家が見えてくる、そこが澤水さんだ」

亮吉は持参した小田原提灯《おだわらちょうちん》に火を貰い、青梅宿の裏宿長淵に下った。すると、流れを背に長屋門が堂々と篝火に浮かんでいた。主屋の他に離れ屋が緑の中、淵にせり出したように数軒点在した風情が旅亭澤水だった。

旅人が訪れる刻限は大きく過ぎていた。

澤水の客筋は人目を忍ぶ分限者《ぶげんしゃ》の男女らしく、広い敷地と多摩川の流れを贅沢《ぜいたく》に配した離れ屋造りだ。

応対に出た女将に政次が身分を玥かした。

「金座裏の若親分のご入来とは、またどういった御用向きですね」

女将は金座裏の名を承知していたが、警戒の体で政次に問い返した。

「いえ、女将様、御用とは言い切れない筋でございましてね、私どもの幼馴染みを案じて参りましたので」

政次は人相描きを見せた。

「彦四郎さんのことですね」

「やはり秋乃様の供で彦四郎がご厄介になったようですね」

「はい」

「二人は秩父を目指しておりましょうね」

「なんでも秩父霊場の一つ、少林寺に秋乃様の亡くなられた親御様の遺髪を納めにいかれる旅とか。お若いのに信心深い二人とうちでは感心していたところにございますよ。なんぞ気がかりがございますので」

「此度の一件、幼馴染みの私どもにも一言も言い残さずに彦四郎は行動しております。まさかとは思いますが思い詰めたりしなければよいがと、案じてあとを追って参りました」

と政次は正直に告げた。

女将が政次の言葉の意味を吟味するように黙り込んだ。

「今晩は青梅宿にお泊まりですか、若親分」

「こちらは一杯にございましょうね」

「うちにお泊まりになると申されますので」

「男同士の無粋《ぶすい》な旅です。ご迷惑ですか」

政次の言葉に女将が笑った。

「これから街道まで上がってもらうのは気の毒です。供のための部屋が残ってございますが、それでもようございますか」

「夜露が凌《しの》げればなんの文句もございません」

「ならば草鞋《わらじ》を脱いで下さいな、金座裏の若親分」

四半刻（三十分）後、二人は多摩川のせせらぎが耳元に響く岸辺に設けられた五右衛門風呂《ごえもんぶろ》に交替で身を浸し、江戸から十一里の強行軍の疲れを癒《いや》していた。

「ほっとしたぜ」

湯に入った亮吉が正直な感想を述べた。

板屋根だけの洗い場で体を洗っていると夏だというのに流れから涼気が上がってきて、そこが深山幽谷《しんざんゆうこく》であることを思わせた。

五右衛門風呂は客の供のための湯だった。

釜の下の燃える薪《まき》が明かりの役目も果たして、炎が亮吉の顔を照らした。

「彦四郎、秩父でなにをしてやがるかね」

亮吉が両手で湯を掬《すく》い、顔を洗って言った。

「無事ならばいいがね」

「若親分、彦四郎が秋乃と心中でもする気と思ってなさるか。おりゃ、その考えには賛成できねえや。おぎゃあと生まれたときから兄弟のように育ったから、なんでも分かるなんて自惚《うぬぼ》れちゃいねえ。正直、おれなんぞ政次若親分の考えることの万分の一も察したためしがねえ。だがな、なんとなく彦四郎がそれほど秋乃の肌にぞっこんとは思えないんだ」

亮吉らしい意見だった。

「では、彦四郎が秋乃に従う動機はなんだね」

「うーむ、やっぱり女の虜《とりこ》になったかね」

亮吉の気持ちがぶれて、

「若親分はどう思う」

と聞いた。

「正直分からない。私の今の関心は秋乃だ。秋乃の魂胆が分かれば彦四郎の献身がほんものかどうか、分かりそうな気がするんだ」

「どういうことだ、秋乃の魂胆だの、彦四郎の献身だのさ」

「亮吉、秋乃は親父様が若い女と心中したあと、女の家に引き取られたといったね。そこで十六まで過ごした」

「養家は秋乃の親父が残した十五両に目が暗んで、秋乃を育てたんだろ。十五両を手に入れたら、秋乃を吉原なんぞに売り飛ばす腹心算《はらづもり》だったろうぜ」

「大いにそうかもしれない。だが、秋乃は養父の企てを見抜いて十五両がもうすぐ手に入るというときに行方を暗ました。そして、桂庵の紹介で神田明神脇の豆腐料理のあわの雪に奉公するまで二年余りの足取りが摑めない。この三年、なにをして生きていたか」

「平井村の子だくさんの水飲み百姓の家で九年を過ごした秋乃がその三年後には、備後福山藩の老用人の男心を鷲摑《わしづか》みにしたんだ。蛹《さなぎ》が蚕《かいこ》に変身するのは一夜もあればいいというがさ、どこで男を虜にする手練手管を身に着けたか、一番分かりやすいのは悪所《あくしょ》だぜ」

「かといって吉原にしろ、四宿《ししゅく》の食売宿《めしうり》にしろ、十六、七の娘が勝手に出たり入ったりできまい」

「そこだ」

と亮吉が政次に応じた。

「ともかくだ、秋乃のこの三年は謎《なぞ》だらけだ」

二人が客の供が泊まる小家に戻ると炭火で鮎《あゆ》が焼かれる香ばしい香りが辺りに漂っていた。焼き方は女将自らだ。

「女将さん、お陰様でさっぱりさせて貰いました」

「飛脚ならいざ知らず、江戸から一気に青梅まで歩き通されるのはさすがでございますよ」

と女将が感心して、ぎやまんの壜《びん》に入れた酒を、

「うちの自慢の冷やしにございます。お口に合うかどうか試して下さいな」

と勧めた。

亮吉がぎやまんの盃を手に、

「冷やしとは初めて聞く酒だ、飲ませてもらうぜ」

と女将に差し出し、注いで貰った。

「若親分もお一つ、どうぞ」

「頂戴《ちょうだい》します」

と政次も両手で受けた。

「こりゃ、うめえ。暑さを堪えて青梅に旅してきた甲斐があったぜ」

と感激の体で亮吉が叫び、女将がにっこりと笑うと政次を見た。

政次はゆっくりと冷やしを味わった。

「確かにこの喉越しは初めてのものです」

と女将に礼を述べた。

「若親分、上の宿から遣いが参りましてね、江戸からお武家様方五、六人が秋乃様を追ってこられたそうにございます。運よく伝馬問屋の町《ちょう》役人はうちの奉公人にございましてね、お武家方を上の旅籠に紹介して、秋乃様方のことは知らないととぼけたそうにございます」

「武家方が」

「なんぞ心当たりが」

「女将、なくもございません」

と答えながら、秋乃の妾宅を見張っていた二人の武士のことを思い出していた。

秋乃の旦那は備後福山藩中屋敷の古村五郎次という用人だった。

妻恋坂の妾宅が備後福山藩家中の者によって見張られていると考えてまず間違いないだろう。また古村五郎次は藩主の命によって国許に呼び出されたというが、なぜ単身江戸に戻っているのか。むろん御用ということは考えられたが、それにしてもなぜ妾の秋乃の元へ姿を見せないのか。そして、今、秋乃を追って備後福山藩の家中とおぼしき面々がなぜ青梅宿に現れたか。

「若親分、こんどの一件、おれたちの知らないことばかりだぜ。彦四郎、なんだか妙な具合のところに嵌り込んでやがる」

亮吉がぼやいた。

「金座裏の若親分さん方は秋乃様のことをよくご存じないのですか」

「知るも知らないも会ったこともねえ」

亮吉が女将に応じた。

「余計なお節介とは存じます。秋乃様は魔性の女にございますね、彦四郎様は秋乃様に溺《おぼ》れておいでです、ただ今、お二方がお会いになってどう諭《さと》されたところでお聞き入れにならないかもしれません」

長年客商売をやってきた女将の目だ、同性の秋乃を見る鑑識眼は確かだろう。

「女将さん、どうすればいい」

と亮吉が聞いた。

「呪縛《じゅばく》というものは明日にも不意に解けることもありますし、何年も解けぬこともあります」

「手はないのかえ」

「ただ一つ……」

「ただ一つ、なんだね」

女将の視線が空のぎやまんの盃を弄《もてあそ》ぶ政次にいった。

「そのお答えは私などより若親分がとくと承知にございますよ」

と澤水の女将が亮吉に言い聞かせるように言った。

政次はその時、女将が口にしなかった彦四郎の呪縛を解く鍵は、

「死」

という文字だと考えていた。

四

政次と亮吉の二人は、翌朝、青梅宿旅亭澤水を出るとまず吹上《ふきあげ》峠に向かった。青梅からは山また山、秩父へはいくつもの峠を越えていくのだ。

歩き始めて一刻半（三時間）余、二人は次なる目標の小沢《こさわ》峠を越えて朝ぼらけの眼下に名栗渓谷を見ていた。青梅からおよそ三里の地だ。

小沢峠下で飯能《はんのう》からきた街道と合流し、名栗村へと入っていく。

名栗村で朝餉と昼餉を兼ねた食事を二人はとることにした。街道沿いの老夫婦が営む飯屋で名栗川で採れる川魚を甘露煮にしたものに山菜が具の味噌汁《みそしる》の飯だった。

二人が飯を食べ終えた刻限、飯屋に旅仕度の武士六人が立ち寄って、政次たち同様に飯を頼んだ。その中の一人が政次を見て、顔色を変えたように思えた。そして、一行の長に耳打ちした。

顔色を変えた武士は古村五郎次が秋乃を囲った妻恋坂の妾宅を見張っていた一人だと政次は気付いていた。

「亮吉、そろそろ出かけようか」

と政次が残った茶を喫《きっ》して立ち上がり、表に出た。心得た亮吉が奥へと飯代を支払

いにいった。すると武士一行の長が、

「卒爾《そつじ》ながらお聞き致す。そなた方は江戸から参られたか」

「いかにも江戸からの旅の者です」

「町方かな」

「金座裏でお上の御用を勤める九代目宗五郎の倅《せがれ》の政次にございます」

「なに、金座裏の倅どのか。そなたの活躍は時に読売で承知しておる」

と驚いた様子の相手に政次が問い返した。

「そなた様方は備後福山藩阿部様ご家中にございますな」

「そなた、われらが身分を承知であったか」

「はい」

「われらと追う相手は一緒か」

「おそらく」

「われらは秋乃なる女に用事がある」

「私どもは秋乃様と一緒に旅をする彦四郎を追っております」

「御用か」

「いえ、彦四郎は私どもの幼馴染み、断りもなく姿を消したので、身を案じております。彦四郎は兄弟同然に育った者で龍閑橋際の船宿綱定の船頭にございまして、根は至って優しく真面目《まじめ》な人間にございます」

「御用ではないと申されるのだな」

と念を押す相手に、はいと答えた政次が、

「お互いに腹蔵のないところを話し合うことが大事かと思います、この儀いかがにございますな。私どもはご家中の揉《も》め事に口を挟む気などさらさらございません。この点をお含みおき下さいまし」

政次の提案にしばし相手が思案し、

「それがしの一存では話せぬ」

と、顔を横に振った。頷き返した政次が、

「お名前をお聞かせ願えませぬか」

「そなたの察しのとおり、それがし、備後福山藩江戸屋敷大目付《おおめつけ》木田光之助《きだみつのすけ》様支配下日高助左衛門《ひだかすけざえもん》にござる。金座裏の若親分に願っておこう。われらが行動に目を瞑《つぶ》ってくれぬか」

日高は金座裏が家光以来の公方《くぼう》様お許しの金流しの御用聞きであることを承知しており、幕府とのつながりも深い点を考慮したか、そう乞うた。

また大目付支配下が町方の女を追う理由は中屋敷ご用人古村五郎次との関わりしか考えられなかった。

「日高様、彦四郎は秋乃様と十数年前に兄妹のように過ごした時期があったようでございましてね。つい最近偶然にも出会い、妖しくも美形に成長した秋乃様の魅惑の虜になって、亡父の遺髪を寺に納めにいくという秋乃様と秩父への旅に同行したようです。

彦四郎が、十三歳の年に自ら願って得た奉公先が綱定にございます。以来、無断で仕事を休むようなことは一度たりともございません、それだけに此度の彦四郎の行動を綱定の親方も案じておられます」

「若親分、彦四郎と申す者、すでに分別盛りではないか。女と一緒に旅をしたからと申してなにを案じておられる」

「日高様方が追っておられる内密な話が私どもを不安にさせるのかもしれません。日高様が申されるとおり彦四郎はもはや子供ではございません、秋乃様と別れてそう簡単に私どもと一緒に江戸に戻ってくれるとも思えません。その上に福山藩のごたごたが絡んだとなると私どもが案ずるのは当然にございましょう」

政次の正直な返答に首肯した日高が、

「金座裏の若親分、此度の一件、できることとなれば町方に首を突っ込んでほしくないのだ。われら、秋乃をなんとしても江戸藩邸に連れ戻らねばならぬ、それが落命でな」

そのとき、彦四郎がどう行動するか、普段が真面目な彦四郎だけに政次は危惧《きぐ》した。

「中屋敷用人古村五郎次様は江戸にお戻りと聞いておりますが、身は幽閉されておられますので」

「そこまでも承知か」

日高が困惑の体で政次を見て願った。

「当代藩主正倫様はかつて老中を務められたお方だ。それ以上の詮索《せんさく》はせんでほしいのだ。それがし、金座裏と対決するような羽目に陥りたくないのだ、頼む」

日高の言外には再び幕閣の要職を狙《ねら》う正倫の体面に傷をつけたくないという思いが溢《あふ》れていた。

「彦四郎の身になにもないことを祈っております」

と政次は日高に頭を下げた。すると日高が、

「一つだけ若親分に伝えておく。あの女を捕えようとする者はわれら大目付だけではない」

「と申されますと」

「その者たちは摂津《せっつ》大坂屋敷の者たちでな、浪々の剣術遣いを雇うなど、われら江戸者のように大人《おとな》しくはない。今もどこかで一統の目が光っておるような気が致す」

日高は福山藩に内紛があることを政次に示唆《しさ》した。

「日高様、私どもがどのような役に立つか知れません。お考えが変わりましたら遠慮のう命じて下さいまし。時にお武家様より町方が便利な場合もございます」

相分《あいわ》かったと答えた日高が、

「若親分、一味は殺伐とした連中だぞ、気を付けられよ」

と重ねて注意した。

「その者たち、日高様方が秋乃様の身柄を先に捕らえたとしたら日高様方を襲うても秋乃様を奪う連中ですか」

「それくらいの覚悟で大坂を出てきておろう」

政次は再び日高に頭を下げて街道を歩き出した。すると亮吉があとを追ってきた。

二人はこの日、最大の難所の山伏《やまぶし》峠に黙々と向かった。

名栗村の外れにきたとき、亮吉が政次に聞いた。

「彦四郎、えれえ厄介に巻き込まれているようだな」

「秋乃は古村五郎次の妾というだけではなさそうな、なにか古村どのから役目を負わされているようにも思える。ともかく備後福山藩の内紛にどのような形か知らぬが関わりを持っているようだ」

「どうする、若親分」

「彦四郎を江戸に連れ戻る、それだけだ」

答えた政次がそう簡単ではないことを一番承知していた。

「分かったぜ」

二人は杉林の斜面が続く坂道を黙々と千八百余尺の山伏峠目指して登り詰めた。さらに緩やかな尾根が右に左に蛇行する中を進み、横瀬《よこぜ》川のせせらぎに接した。

「ふうっ、どうやら難所は越えたな。あとは秩父に向かって下り坂だ」

「亮吉、背中がむずむずするのは私だけかね」

「若親分の勘はよくあたるからね。まあ、出ないお化けに怯えても致し方あるめえよ」

亮吉が覚悟のほどを見せた。そして、

「彦四郎め、秋乃を馬に乗せてこの峠道をどんな気持ちで下ったかねえ」

と呟いた。

ゆっくりと夏の日が西の山の端へと傾き始めていた。芦ヶ久保《あしくぼ》を見下ろす峠道に茶屋があったのを見て、政次は最後の休みをとることにした。渋茶と草団子を食べて元気を取り戻した二人は、秩父への最後の道程を下り始めた。

政次は茶店を出て半里、後ろからひたひたと迫る足音を感じとっていた。

「やっぱりよ、若親分の勘があたったぜ」

と亮吉が言ったとき、ばらばらと足音が響き、路傍に避けた二人を通り越して行く手に立ち塞《ふさ》がるように三人の者が先行した。そして、後ろからも本隊が追ってきて政次と亮吉は前後を挟まれた。

「おまえさん方、道でも聞きたいか。秩父へは一本道、迷う馬鹿はいめえ」

亮吉が嘯《うそぶ》いた。

一行は日高が政次に告げたように浪々の武芸者だった。それも金で雇われ、血腥《ちなまぐさ》いことに携わることに慣れた連中だった。巨漢の一人は赤樫《あかがし》の木刀をこれみよがしに肩に担いで、口には黒文字を咥《くわ》えていた。

政次は後ろを見た。

後ろの本隊はおよそ七人、中に塗笠《ぬりがさ》を被《かぶ》った壮年の武家とその従者がいた。なりからして江戸藩邸育ちではあるまい。日高が政次に告げたように備後福山藩大坂屋敷の者と思えた。残りは雇われ剣客のようだった。

「その方《ほう》ら、町方じゃな」

「いかにもさようでさ。なにも町方が旅をして悪いって法はねえからね」

「軽口を叩くでない」

塗笠の武家は亮吉を一喝したが亮吉は平然としたものだ。

「若親分、武家とはさ、四民の上に立つお人かと思ったら礼儀も知らない唐変朴《とうへんぼく》だぜ」

「亮吉、そのような失礼を申すものではありませんよ」

政次が亮吉を注意したが、なにしろ松坂屋の奉公人時代の丁寧な言葉遣いが抜けないせいで、却《かえ》って相手は馬鹿にされた感じを覚えた。

「おまえら、何者か」

「おれっちかえ、金座裏の宗五郎一家の者だ。待てよ、おまえ様方、江戸に詳しくなさそうだな、在所はどこだえ」

亮吉がわざと相手を挑発するようにいった。

「武士に向かって許せぬ。金座裏がどうした」

「やっぱり知らないか。うちは家光様以来、天下御免の金流しの十手の家系だぜ。幕府の大判小判を鋳造する御金改《ごきんあらため》役後藤《ごとう》家の裏門をうちの一家が代々守ってきたんだよ。当代の公方様ともお目見えの九代目宗五郎の後継ぎがこの政次若親分だ。ただの町方だと思うなよ、大名諸家ともお付き合いのある金座裏だ、甘くみちゃいけねえぜ」

「おのれ」

と相手は亮吉に言い負かされて歯軋《はぎし》りした。

「町方がなぜ当家の内紛に首を突っ込む。町方なれば江戸で町廻りでもしておれ」

「それができない事情があって、政次若親分と一の子分の亮吉様が秩父くんだりまでお出ましだ」

日高と違っていけぞんざいの言葉遣いに亮吉がわざと挑発を続けていた。

「亮吉、下がっておいで」

政次が前座を務めた亮吉と交代した。

「お武家様、私どもはちょっとした曰くがございまして船頭の彦四郎という者を追っておるところにございますよ。彦四郎が従う備後福山藩江戸中屋敷の用人古村五郎次様の妾の秋乃様がどのような役を負っておるかは、私どもの関心の外にございます。

そんなわけで彦四郎と一刻も早く会いたいと思うておりますゆえ、先を急ぎます。どなた様も失礼致しますよ」

政次が行く手を塞ぐ三人連れの傍らを通り過ぎようとした。その後ろに亮吉も従っている。

「待て待て」

と口から黒文字を吐き出した巨漢が肩に担いだ赤樫の木刀を政次の胸の前に不意に突き出した。

転瞬、政次の片手が木刀を摑むと同時に引っ張り込みながら、相手の木刀を握る手を下から跳ね上げて、下腹部に蹴《け》りを入れていた。

相手が腰砕けに尻餅《しりもち》をつき、木刀は政次の手に移っていた。

一方、亮吉は政次の背から独楽鼠《こまねずみ》のように小柄な体を丸めて飛び出すと残った二人の向こう脛《ずね》を懐から抜き出した十手で叩いていた。

「あ、痛たた」

二人が十手で脛を殴られてけんけん立ちでその辺りを飛び回った。

江戸で毎日のように悪党相手に修羅場を繰り返してきた二人である。大勢を頼みに油断した相手の機先を制するのは馴れたものだ。

「やりおったな」

と背後の本隊が叫んだときには、政次と亮吉は、囲みの外に出ていた。

「許せぬ」

本隊の番頭格か、槍《やり》を携えた武芸者が柄《え》をしごくと革鞘《かわざや》を外し、穂先を政次の胸にぴたりとつけた。

政次は羽織を脱いで亮吉に渡すと、奪い取った赤樫の木刀を両手正眼《せいがん》に構えた。

「うーむ。その方、どこぞで棒振りを習うたか」

槍を構えた武芸者が聞いた。

「ちえっ、田舎者はこれだから困る。若親分は江戸でも名高い直心影流《じきしんかげ》神谷丈右衛門《かみやじょうえもん》道場の五指に入ろうかという腕前だぜ。どこでかっぱらってきたか知らないが、馴れねえ大身の槍を振り回しても無駄だと思うがね」

亮吉が政次に代わって名乗りを上げた。

「神谷道場だと、何事かあらん。わが中条長柄流《ちゅうじょうながえ》糸山道貫《いとやまどうかん》の穂先の錆《さび》にしてくれん」

八尺（約二・四メートル）余の槍をしごいて穂先を煌《きら》めかせた。

政次は正眼の構えを微動もさせようとはしなかった。

亮吉は、峠道を下って日高助左衛門一行が姿を見せたのに気付いた。その他にも街道を往来する旅人が思わぬ騒ぎを足を止めて見物していた。

日高は部下を制して二十間先の戦いを観察する気で足を止めた。

備後福山藩大坂屋敷の面々は反対に、後ろを日高らに、そして、前方を政次と亮吉に挟まれた格好になっていた。

「ほれほれ、急がねえと往来する人も迷惑だぜ、槍の旦那」

と亮吉にせっつかれて、

「おのれ、雑言《ぞうごん》を吐きおって」

と政次の背後に控える亮吉をひと睨《にら》みした糸山が踏み出しつつ、穂先を政次の胸前に繰り出した。だが、穂先と政次の胸板にはいまだ二尺ほどの間があった。

「それそれ」

と声を発しつつ、糸山の槍の手繰りと繰り出しがさらに加速した。

政次は糸山道貫の足元を見ていた。

あと一歩、踏み出さねば穂先は政次の身には届かない。政次の間合いを狂わすために穂先を迅速に前後させて、間合いを計らせないように仕向けていた。

政次がふいと一、二歩下がった。

釣り出されるように糸山が最前から不動の間合いを縮めて踏み込んできた。

その瞬間、政次が前に踏み込んだ。

「ござんなれ」

とばかり糸山の穂先が政次の胸板を貫くように繰り出された。

政次の不動の赤樫の木刀が突き出された穂先を絡め取るように弾《はじ》いた。穂先が流れて、糸山が手元に引き戻そうとした。

するすると政次が槍の間合いの内懐に踏み込んでいた。

糸山が慌てて引き戻そうとした槍の穂先で政次の鬢《びん》を殴り付けようとした。

次の瞬間、政次の木刀が弧を描いて襲いかかる槍の柄を殴りつけると、なんと千段巻下で、

ぽきり

と折れて穂先が飛んだ。

あっ！

と驚く糸山の目に政次の姿が大きく迫り、次の瞬間、肩口をしたたかに殴られてその場に悶絶《もんぜつ》した。

往還での戦いを見ていた旅人から、

わあっ！

という歓声が響く中、政次は木刀の切っ先を備後福山藩の大坂屋敷の面々の動きを封じるように突き出し、

「亮吉、秩父に下ろうか」

と言いかけ、その構えのままにするすると坂道を後ずさりしていったが、武芸者たちの一団は動くことが出来なかった。

政次らが秩父に入ったのは暮れ六つを過ぎた刻限だった。

「若親分、どうするね」

「刻限も刻限だが、少林寺を訪ねてみようか」

「彦四郎がいるかね」

「さあてな」

彦四郎と秋乃がいるかどうか、全く勘が働かない自分を政次は訝しく思っていた。

第四話　秋乃の謎

一

四国八十八箇所の巡礼路を始め、諸国にはいろいろなかたちの霊場巡りがあって、古《いにしえ》より自らに向き合う信仰方法として多くの信徒を集めていた。

江戸近くにも鎌倉武士の崇拝を集めた坂東札所の他、伊豆半島を巡る巡礼路などいくつかあったが、秩父《ちちぶ》霊場もまた庶民の信仰の対象として関東で知られた霊場巡りだった。

秩父の素朴な風土に点在する寺々は何百里に及ぶ四国八十八箇所巡りに比べれば、こぢんまりとした観音霊場で親しみ易い巡礼路といえた。また病人や年寄りでも回れるように秩父宿とその近郊の横瀬、皆野《みなの》、小鹿野《おがの》の三村に一番札所の四萬部《しまぶ》寺から三十四番札所の水潜寺《すいせんじ》までが集中して存在した。

政次《せいじ》と亮吉《りょうきち》が秩父神社の境内の一角にある十五番札所の少林寺の山門を潜《くぐ》ったとき

には、夏の日がとっぷりと暮れていた。

二人はまず本堂に向かい、江戸からの旅の無事を感謝して頭を下げ、合掌した。亮吉が頭を上げたとき、政次は未《ま》だ腰を折った姿勢で瞑目《めいもく》し、両手を合わせて口の中で般若心経《はんにゃしんぎょう》を唱えている様子があった。そこで政次をその場に残して亮吉は明かりが灯《とも》った庫裏《くり》に向かうと、

「ご免なさいよ」

と声をかけていた。

「はい、どなたかな」

老いた声が応じて戸が開かれた。土間の向こうに板の間があって夕餉《ゆうげ》の膳に住持と思える老人と小僧の二人が向き合い、飯炊きか、老いた男衆が戸口の前に立っていた。

「こんな刻限に申し訳ございません。ちょいと御用で江戸から参りましたものでございます」

箸《はし》を止めて住職と小僧が突然の訪問者を見た。亮吉の傍らに政次が立ち、頭を下げた。

「御用の筋と申されたが金座裏《きんざうら》の面々かな」

と住職が問い返した。

「和尚様《おしょう》、いかにも金座裏でお上の御用を勤めております宗五郎《そうごろう》の倅《せがれ》、政次と手先の亮吉にございます」

住職が頷《うなず》くと膳を脇にずらした。

「やはりこちらに彦四郎《ひこしろう》と秋乃《あきの》様が参ったようですね」

「昨日のことでしたな」

「そのことについて和尚様にお尋ねしたく参りました」

「ご苦労でしたな。私が当寺の住持百願《ひゃくがん》でしてな」

と応じた住職が、

「今宵の宿は決まっておりますかな」

「いえ、ただ今到着したばかりでございますれば決まっておりませぬ」

「ならば今晩当寺に泊まられませぬか。さすればゆっくりとお話もできましょう」

「お願いできますか」

政次の問いに頷き返した百願和尚が小僧に、

「風呂を立てておらぬゆえ裏の流れに案内して旅の汗を流してもらいなさい」

と命じた。

未だ茶碗と箸を持ったままの小僧は急いで茶碗の飯を搔《か》き込み、立ち上がった。

「小僧さん、すまねえな。夕餉の最中に慌てさせてよ」

亮吉が恐縮すると口をもぐもぐさせながら頭を下げて、板の間の端に置かれていた弓張り提灯《ちょうちん》に火を入れて案内に立とうとした。

政次と亮吉は和尚に頭を下げると小僧に従った。

「名前はなんだえ」

と亮吉が問うと、

「青念《せいねん》です」

と十三、四の小僧が答えた。

「青念さんか、いい名だ」

青念小僧が二人を案内したのは秩父神社の裏手を流れる小川の縁であった。そこでは水浴から洗濯までできるように石段が設けられてあるのが明かりに浮かんで見えた。なにより江戸から歩いてきた二人には優しく迎えてくれる涼気が心地良かった。

青念が弓張り提灯を石段の上に置いて、

「ごゆっくり」

と庫裏に戻っていった。

流れに足を浸《つ》けた亮吉が、

「冷たくて気持ちがいいや。若親分、手足だけじゃなく水浴しないか。さっぱりするぜ」

「いいな」

二人は旅装を解くと下帯《したおび》一つになって流れにそっと足から入れた。流れの深さは一尺五寸（約四十五センチ）余か、腰を屈《かが》めて流れに身を浸した亮吉が、

「ふーう、生き返った」

と嘆息した。

政次も真似《まね》て流れにしゃがんだ。水底の玉砂利が足裏で動いて政次の長身を流れに落ち着けた。

「若親分、彦四郎はおれたちが追ってくることを想定していたようだな。和尚さんが言いあてたもの」

「当然さ。私たちは子供の時分から神田《かんだ》川や龍閑《りゅうかん》川の流れに河童《かっぱ》みたいに身を浸して一緒に育ってきたんだ」

「彦四郎は、秩父にきてようやく江戸のことに想《おも》いを致したかねえ」

「道中だって気にしていたろうさ」

「秩父にいる風と思うか」

と和尚の反応をどうみるか、亮吉が政次に問うた。

「さて、なんともいえないな」

道中の汗を流した政次は流れから石段に上がり、手拭《てぬぐ》いを固く絞って水気を拭いと
った。その上でしほが用意してくれた道中嚢《のう》の下帯と浴衣《ゆかた》に着替えた。

「亮吉、思ったより流れは冷たいよ。長く入っていると風邪《かぜ》を引くよ」

「すっかり金玉まで縮み上がって鳥肌が立つほどだ」

と亮吉も上がってきた。

さっぱりした二人が道中仕度を菅笠《すげがさ》に入れ、両手に抱えて庫裏に戻った。すると板
の間に二人の膳が新たに用意されていた。

「和尚様、旅衣は汗と塵《ちり》に汚れております。浴衣で失礼を致します」

と政次が断ると、

「おまえ様は呉服屋から金座裏に転じられたそうな」

と百願が笑いかけ、言い足した。

「御城近くの鎌倉河岸裏、むじな長屋で兄弟も同然に育った長兄が金座裏の若親分に
なった政次さんだそうな、なんでもお見通しゆえ必ずや追ってくると彦四郎さんは言
い残されました。ただし彦四郎さんが考えたより若親分方の到着がだいぶ早い」

「もはや二人は秩父にいないのでございますか」

青念が貧乏徳利と茶碗を運んできて、

「二人が来たときには酒を馳走《ちそう》してくれませんかとも彦四郎さんが言い残されて行かれましたよ」

と言った。

「彦四郎め、そんな気遣いなんぞどうでもいいんだよ。なにか小馬鹿にされているようだぜ」

亮吉が怒った口調で呟《つぶや》いた。

「亮吉、そう言わないで彦四郎の気持ちを頂戴《ちょうだい》しようか」

と政次が先に茶碗を取り上げた。すると青念が、

「燗《かん》はつけていません」

と貧乏徳利から茶碗に注《つ》いでくれた。

「秋乃様の親父《おやじ》様、正三郎《しょうざぶろう》さんの遺髪、こちらに葬られましたので」

「娘御の願いゆえな」

「正三郎さんとこちらは関わりがございますので」

「正三郎さんの親父仁助《じんすけ》さんの代から縁がございましてな、うちも先代和尚からの付

き合いです。愚僧が青坊主の折、仁助さんはすでに多摩一円で評判の左官の親方にございましてな、春から秋にかけて八王子から青梅の大普請を請け負って忙しくしておられました」

「仁助さんは秩父の出にございますか」

「いや、信濃《しなの》の臼田《うすだ》村にございますよ。この村から小鹿野村を経て武州街道で志賀坂《しがさか》峠、十石《じっこく》峠を越え、千曲《ちくま》川の縁の佐久郡臼田村に出られます。仁助さんはそこから秩父に出てさらに青梅、八王子に稼ぎに出ておられたので。その道中に当寺に立ち寄り、その度になにがしかの寄進をなされていかれました。そんな縁でうちが菩提寺《ぼだいじ》を務めることになったようです」

「倅の正三郎さんに会ったことはございますか」

「十四、五の頃から親父様に連れられて峠越えで普請場に向かわれたでな、何度も会うております。じゃが、上方で修業がしたいと親父様の下を離れられたのが十六、七のとき、以来、親父様が心臓《しんのぞう》の病に倒れて急に亡くなられたこともあり、正三郎さんとも会う機会がございませなんだ」

「それが此度、不意に正三郎さんの娘の秋乃様がこちらに姿を見せて、正三郎さんの法要を願ったのですね」

はい、と頷いた百願が、

「酒を飲みながら聞いて下され」

と政次と亮吉に勧めた。

「頂戴します」

二人は茶碗酒に口をつけた。

「昨日、法要をなされましたか」

「はい」

「二人はこの秩父にはもはやおりませんので」

「秋乃さんは初めて親父様の故郷を私の口から知りましてな、臼田村を訪ねたいと彦四郎さんに願った様子で馬子《まご》を雇い、志賀坂峠を越えて信濃に向かわれましたな。今朝方のことです」

「秋乃様は旅慣れない上に足に肉刺《まめ》をつくっておったようですが」

「肉刺は彦四郎さんの手当てでほぼ治り、旅には不自由はございません。その上に秩父から峠越えに慣れた馬子の園八《そのはち》を伴っておりますで今宵は小鹿野村、明日にも志賀坂峠、明後日《あさって》には十石峠を越えて信濃に入りましょうな」

と百願和尚が言った。

「和尚さん、彦四郎の様子はどんなかね」

と亮吉が聞いた。

「どんなとはどのようなことを知りたいのかな、手先さん」

「彦四郎の奴、秋乃にべた惚《ぼ》れの様子かね」

「惚れ合った夫婦のようにな」

「そりゃ、困った」

「夫婦円満でなにが悪い」

「和尚さん、秋乃は他人の囲いもんだぜ。それもお武家様のな」

百願が亮吉の言葉に目を丸くした。

「そりゃ真《まこと》のことか」

「私どもが二人のあとを追ってきたには、いささか仔細《しさい》と不安がございましてね」

政次は、秋乃と彦四郎の幼い時代の縁と十数年後の再会を語り、

「こちらに備後《びんご》福山藩阿部家の家中の方が秋乃様のことで問い合わせにきたことはございますか」

と問うていた。

最前から床下でなにかが動く気配を感じていたが政次は素知らぬふりをしていた。

「いや、未だ。正三郎の娘は一体全体なにをしたのでございましょうな」

「そこが分かりません」

と政次は答えながら明日にも飛脚《ひきゃく》問屋を訪ねて宗五郎からの文が届いてないかどうか問い合わせねばと考えていた。

「ご用人さんは秋乃を囲うために藩の金子《きんす》に手をつけた」

「和尚様、素直に考えればそんなところでしょう。しかし、どうやら福山藩ではすでにご用人の身柄を大目付が押さえているようですから、妾《めかけ》の秋乃様の身にまで手を伸ばす必要があるでしょうか」

「それもそうですな」

と百願が政次の言葉に得心した。

「二人は路銀に困った風はございましたか」

「秋乃さんは永代供養料として十両を納めていきました。かといって懐《ふところ》に何百両もの大金を持っているとも思えませなんだ」

と百願が正直に答えた。

「中屋敷のご用人が外に若い妾を囲うにはそれなりの金子が要りましょう。このご時世です、ご用人が妾を養えるほど給金を貰《もら》っているはずもない。となると藩の公金に手を着けたか」

「若親分、最前そいつを和尚さんが言わなかったか」

「亮吉、藩の公金に手を付けながら身の安全の確保も古村五郎次様は策していたとしたらどうだ」

「どういうことだ」

「たとえば備後福山藩が秘匿しなければならないなにかがあったとしようか。そいつを古村五郎次様は持ち出して妻恋坂の妾宅《しょうたく》に隠していたとか。もし公金横領が分かったとき、それを楯《たて》に身の安全を謀れるような手立てさ」

「その命の綱を秋乃が持っているのか」

「そうでなければ阿部様の家中、それも大目付筋と大坂屋敷の二派が必死で追う筈《はず》もなかろうじゃないか。一度でも肌を合わせた男はつい女に油断して秘密を漏らすものだよ。古村五郎次様はまさか急に国許《くにもと》に戻ることになるとは考えもしなかったろう。江戸に妾を囲うくらいだからね。あれこれと国許呼び出しの理由を考えた古村様は、秋乃に秘密を漏らしていったとしたらどうなるな、亮吉」

「それを承知で彦四郎は秋乃と一緒に旅をしているのか」

「彦四郎は正直者だ。秋乃はそのことをとくと承知で彦四郎を利用しているような気がする。となると絶対に隠し持った古村の秘密を彦四郎に明かしてないはずだ」

と答えた政次の尻の下でさらにむずむずと動く気配がした。

「亮吉」

と囁《ささや》いた政次が指で床の下を差した。すると勘よく応じた亮吉がすうっと立つと、小さな体を思いきり跳躍させて床板の上でどんどんと音をさせた。すると、床下から慌てて這《は》い出ていく音がした。

「だれですな」

驚いた和尚が政次に聞いた。

「おそらく福山藩阿部家中の大目付筋か、大坂屋敷の面々のどちらかでしょう」

「大変だ、今の話を聞かれてしまった」

「彼らにとっては秘密でもなんでもありますまい」

と政次が平然と言った。政次は相手にこちらの立場を分からせたとき、どう出るか、わざと仕向けたのだ。

「若親分、福山藩の面々、彦四郎と秋乃の行った先を知ってしまったぞ」

「それはそうだが、山道を仕度もなく越えられまい。どうせ明日からの勝負になる」

と政次は腹を括《くく》った返事をした。

しばし座に沈黙が続いた。そして、口を開いたのは百願だ。

「愚僧が知る一家は仁助さん、正三郎さん、そして、秋乃と三代となります。正三郎さんの願いを娘が聞き入れて危険を顧みず秩父まで来てくれた、女一人ではなかなか出来ぬことです」

「いかにもさようにございます」

「偶然にも十数年ぶりに兄さんのような彦四郎さんに出会った秋乃に考えが、仏心が生じたのでしょう」

「彦四郎の人のよさを利用すれば秩父まで行けるってね」

と百願の推測に亮吉が答えてさらに自問した。

「そいつを福山藩阿部家中の大目付と大坂屋敷の二派が追跡してくることまで秋乃は推測していただろうか」

「亮吉、秋乃は旦那の古村五郎次様が江戸に戻されて大目付に軟禁されていることを知らぬと思う。だがな、妾宅が見張られていることは承知していたのではないか。そこで此度の秩父行で確かめようとしたか、あるいは阿部家の見張りをまいて、古村から預かった秘密をどこかに隠しておこうと企てたか」

「それが親父の古里の臼田村か」

「あるいはこの少林寺かもしれぬ」

えっ！

と百願が驚き、

「隠すと申されても一夜泊まっていかれただけですよ」

「親父様の墓に遺髪を納められましたな」

と政次が問うた。

「遺髪を入れた壺《つぼ》の中に備後福山藩阿部家の秘密が隠されたと申されますか」

「調べてみましょうか」

と政次が言い出し、

「これからにございますか」

と百願が困惑の顔を見せた。

青念に案内されて政次と亮吉は墓地に入ったが荒らされた墓の跡を弓張り提灯の明かりで見て、

「先を越されたぜ」

と亮吉が呻《うめ》いて、

「最前のやつだね。あんとき、ひっ捕まえるんだったな」

と嘆いた。

「致し方あるまい」

「奴らが秘密を取り戻したとしたらどうなる」

「古村五郎次は皺腹《しわばら》を切らされる。そして、秋乃と彦四郎は悠々と臼田村に向かうことになる」

「おれたち、どうするね」

「彦四郎と秋乃のあとを追って信濃国臼田村に向かうさ」

と政次が大声で答え、それが闇《やみ》に響いた。

二

翌早朝、政次は赤樫《あかがし》の木刀を手に本堂前で直心影流《じきしんかげ》神谷《かみや》丈右衛門《じょうえもん》道場直伝《じきでん》の素振りを半刻（一時間）ほど繰り返し、かたち稽古《けいこ》を丁寧になぞって朝稽古を終えた。

木刀は昨日大坂屋敷の一人から奪い取ったものだ。

旅に出るとどうしても日課がおろそかになる。ために体調まで崩すことになりかねないと政次は考え、赤坂田町《たまち》に通う気持ちで稽古に励んだ。

秩父神社境内にある十五番札所の少林寺は臨済宗建長寺派に属し、山号は母巣山《ははそさん》と呼ばれ、十一面観世音菩薩《かんぜおんぼさつ》を本尊とした。

そのことを昨夜和尚の話で知った政次は、本堂前の回廊に座禅を組んで瞑想《めいそう》した。

どれほどの時間が流れたか。

小僧の青念が本堂の扉を開いて政次が座禅を行う姿を驚きの目で見た。

「若親分、禅修行になれておられますね」

両眼を見開いた政次が、

「江戸で直心影流の神谷丈右衛門先生に剣術の指導を受けておりまして、時に座禅を組むことがございましてね」

と笑いかけ、聞いた。

「青念さん、掃除ですか」

青念の足元に桶《おけ》があるのを目に止めて尋ねた。

「本堂は私の務めです」

「手伝わせて下さい」

「若親分さん、彦四郎さんを追っかけていかないのですか」

「江戸の親分から手紙がこの秩父にくることになってます。それを確かめて信濃への峠を越えたいと思います」

「お客人に手伝ってもらっていいのかな」

「私どもは客ではございません。一夜の宿を恵んで頂いた者、お手伝いをさせて下さい」

青念は政次が手伝うというのを合掌して素直に受けた。

秩父神社の片隅にある少林寺の本堂はそう大きなものではない。

青念が箒《ほうき》で掃き出し、その後、政次と青念で競走するように雑巾《ぞうきん》がけをした。たちまち本堂がさっぱりした。

「青念さん、ついでです。回廊も拭《ふ》き掃除しませぬか」

「回廊は月始めに軽く箒で掃くだけです。でも若親分が手伝ってくれるというならやるか」

と青念もその気になった。

本堂を取り巻く回廊を箒で掃いて固く絞った雑巾で丁寧に拭き上げた。すると朝の風が爽《さわ》やかに少林寺の開け放した本堂を吹きぬけていった。

「今頃、彦四郎さんと秋乃さんの二人は武州街道の山道を歩いていますね」

「あの二人、今から十数年前に兄と妹のように過ごした時期があるのですよ。律儀な彦四郎が自ら選んだ船宿の仕事を無断で放《ほう》りだすなんて初めてのことです。秋乃さんの秩父行きの頼みを断りきれなかったのだろうね」

「彦四郎さんは秋乃さんが好きなんですね」

「妹のような存在だった秋乃さんが突然美形の女になって彦四郎の前に姿を見せたんです。男だったら気持ちが傾くのは当然でしょう。青念さんはどう思いました」

うーん
とまだ幼さを残した青念が唸《うな》った。

「二人が寺に泊まったのはたったの一夜だからな」

「二人の気持ちを感じ取れる時間はありませんでしたか」

「秋乃さんは親父様の遺髪を寺に納めて和尚様にお経を上げてもらい、墓に納めてほっとしているように見受けられました。彦四郎さんはそんな秋乃さんの面倒を甲斐甲《かいが》斐《い》しく見ておられました。だけど、独りになったとき、どこか寂しそうな顔をしておられました」

「ほう」

「今朝と同じように朝の刻限でした。掃除をしようと本堂の扉を中から開けたら彦四郎さんが雇った馬子の園八さんを山門のところで待ち受けておられました。その大きな背がなにか寂しそうに感じたのです」

「なぜでしょうね」

「彦四郎さんは若親分や亮吉さんのことを考えていたのだと思います」

「彦四郎は私たちとは兄弟同然に過ごしてきましたからね。一方、秋乃さんとも兄と妹のように過ごした時期があった。むろん、その時期も私たちといつも顔を合わせていたのだが、秋乃さんのことを話すことはなかった。なぜか私たち二人に秋乃さんのことを秘密にしておきたかったようです」

「若親分、そのことを彦四郎さんは今悔いているんではありませんか」

青念が言った。

たしかに十数年前、秋乃の存在を政次らに話していれば、秋乃と再会した彦四郎の行動は違ったものになったかもしれない。

「彦四郎さんは今の秋乃さんが大好きなんですよ。でも、心のどこかで若親分たちにこのことを黙っていたことを咎《とが》める気持ちもある」

青念の推測が当たっているとすれば、彦四郎が自らの行動に後悔を考え始めたのは旅に出てからではないか。

人間の本性は旅に出て分かることがある。旅の空の下では四六時中一緒の暮らしをするのだ。それも馴れた世界ではない。初めて接する伝馬《てんま》問屋や飯屋、旅籠《はたご》などの世話になると、同行する相手の今まで知らなかった人間が見えてくる。

彦四郎は秋乃に無償の好意を抱きつつも自分が選んだ行動に後悔していたとしたら
と、政次があれこれと思いを巡らした。

「彦四郎さん、江戸からずっと見張られていると知っていましたよ。それが若親分たちだったんですね」

「いや、私たちが追ってくることを彦四郎は想像をしていたとしても確信はなかった筈です、別の人間ですね」

政次は、彦四郎が尾行されていると感じていたのは福山藩の大目付か、大坂屋敷の連中、あるいはその二組かと考えた。

青念が不意に、

「朝餉の支度をしなきゃあ」

と言って庫裏に走り戻っていった。

山門に人影の気配がした。菅笠をかぶった二人連れの男女のお遍路さんだ。まだ四十代か、男のほうは右足を引きずっていた。それを女が手助けしながらゆっくりと本堂前に近づいてきた。

背に負った荷につけた鈴が男の不自由な足の運びに合わせて鳴った。

長年連れ添った夫婦だろう。亭主が病に倒れて右半身が不自由になったか、それを機に秩父霊場巡りを思いたったと思える二人が政次に向かって合掌した。
政次も頭を下げると合掌を返した。
女が男の背の荷を下ろすと本堂前に立った。
政次は二人にしようと庫裏に向かった。するとその背に男女が和す、
「観自在菩薩行深《ぎょうじん》　般若波羅蜜多時《はらみったじ》
照見《しょうけん》五蘊皆空度《ごうんかいくうど》一切苦厄《いっさいくやく》　舎利子《しゃりし》
色不異空《しきふいくう》　空不異色　色即是空《しきそくぜくう》　空即是色
受想行《じゅそうぎょう》　識亦復如是《しきやくぶによぜ》……」
と般若心経が政次の耳に聞こえてきた。亭主は口も不自由なのだろう、それに合わせる女房のゆったりとしたお経が心地よく政次の心に届いた。

五つ半（午前九時）の刻限、政次と亮吉は秩父の伝馬問屋の隣に見つけた飛脚問屋に入っていった。ちょうど早飛脚が到着して二人に背中を向けた格好で胴乱《どうらん》から書状の束を出していた。
飛脚屋は未明の正丸《しょうまる》峠を越えてきたのだろう、上がり框《がまち》に腰を落として水を貰って

いた。その首筋に夜露が光っている。

届けられた書状を仕分けしていた番頭が政次と亮吉を見た。

「番頭さん、江戸の金座裏から私に宛《あ》てた書状が届いておりませぬか」

「そなた様はどなたですな」

「金座裏の宗五郎の倅の政次にございます」

「政次さんに宛てた書状ね」

と番頭が届けられたばかりの書状の束をひっくり返していたが、

「江戸本両替町宗五郎さんから政次さんに宛てた文がございますよ」

と叫んだ。

「助かりました」

番頭が宗五郎の筆跡の書状と一緒に帳簿を差し出して政次に署名と爪印《つめいん》を求めた。

政次が帳簿に、

「金座裏十代目政次」

と記して爪判を押すと、

「番頭さん、手紙を読みたいのですが上がり框をお借りしてもようございますか」

と帳簿を番頭に戻しながら尋ねた。

初老の番頭が政次の認《したた》めた名前を確かめ、

「江戸で名高い金流しの十手の親分は筆跡も堂々としたものにございますが、若親分の手も立派なものにございますな。さすがは公方様御目見の御用聞き、言葉遣いまで有象無象《うぞうむぞう》とは違います」

と感心した。

「番頭さんよ、うちの若親分は老舗《しにせ》の呉服問屋の手代《てだい》さんから親分に乞《こ》われて金座裏に入ったんだ。松坂屋《まつざかや》で礼儀作法、読み書き算盤《そろばん》を叩き込まれてきたからね、おれたち、叩き上げとは違うのさ」

亮吉が余計なことまで披露した。

「江戸を離れるとどぶ鼠もしおらしいな」

と水を飲み終わった飛脚屋が顔を二人に向けた。

「なんだ、飛脚屋の鳩十《はとじゅう》か。おめえ、秩父くんだりまで手紙を届けていやがったか」

亮吉が豊島屋《としまや》の常連の一人の鳩十と早速掛け合った。

「馬鹿野郎、親分がわざわざうちにお見えになってよ、秩父の若親分に急ぎ届けてくれと願いなさったからよ。豊島屋の縁だ、この一昼夜三十里駆けの鳩十が志願したんじゃねえか」

と鳩十が仔細を告げた。

「鳩十さん、助かりましたよ」

と政次が礼を述べ、

「親分への返書を願うことになりそうです。しばらく待ってくれますか」

「若親分、いくらおれでもとんぼ帰りは無理だ。これからちょいと体を休めて江戸に戻ることになる。九代目への返書、それからでいいかね」

「構いません」

問答を聞いていた番頭が、

「若親分、御用の手紙を読みなさるばかりか返書を認めるとなると店頭ではなんですよ、奥の座敷を使って下さいな」

と政次を奥座敷に招いた。政次が亮吉を振り返ると、

「若親分、おれは鳩十の相手をしていらあ。まずは親分の文を読んでくんな」

と答えた。

「ならば暫時座敷をお借りします」

政次が裾《すそ》を叩いて店先から座敷に通った。

中庭に初夏の光が落ちていて泉水に流れこむ一条の水の音が爽やかに響いていた。

「ご自由にお使い下され」

と番頭が下がった後、政次は宗五郎からの書状に掛けられた紐《ひも》を解き、封を開いた。

「秩父にての御用ご苦労に存じ候《そうろう》。備後福山藩阿部家の大事判明したことのみを取り急ぎお知らせ候。

阿部家は宝永七年（一七一〇）閏《うるう》八月に下野《しもつけ》国宇都宮城主阿部正邦《まさくに》が福山藩十万石に転封致し、当代の正倫様で四代目を数えしことすでに承知かと存じ候が念のため付記致し候。

福山領内は宝暦（一七五一～六四）年中より百姓一揆《いっき》が頻発し、なかでも享保の一揆（一七一七～一八）、天明の一揆（一七八六～八七）は、領内全域の百姓衆が貢租増税に反対して惣百姓一揆の体に陥り、正倫様をして、『百姓が国を自由』にするとの危惧《きぐ》を抱いたほどとか。ために正倫様は藩校弘道館を建設し、家臣の教育に改めての り出し、さらには藩政改革を行うために大坂五軒家、油屋、泉屋、大庭屋、助松屋、米屋を蔵元に委任して勝手向一式の引き締めを図ることを依頼し候。

この折、五軒家に対し藩を代表して大坂屋敷総元締を古村五郎次が五年にわたり実権を振るった履歴ありとか。この期に福山藩の勝手向が好転した功績にて古村は江戸中屋敷の用人に抜擢《ばってき》された履歴あり、此度の事件の発端かと推測申し候。

と申すには五軒家には初代の総元締古村五郎次との間に密約あり、五年の間に藩資金を運用して金銀相場に投資し、多額の利を得た形跡ありてその利を五軒家と古村双方が折半し、極秘にしてきた事実ありとか。

五軒家の商人どもは二代目の総元締井上源八郎《いのうえげんぱちろう》を仲間に誘い入れ、古村どのとの成功に倣《なら》いて、さらに多額の藩公金を流用して金銀相場に投資致し、此度は多額の借財を抱えたとか。

この事件が発覚致したのは井上源八郎どのが大坂屋敷御用部屋で自裁した後、昨秋のことに御座候。

当初、藩金を運用しての大損害は二代目大坂屋敷総元締井上源八郎どのと五軒家の間のことかと考えられし候が、先の事実として古村五郎次の一件が発覚し、福山藩としてはなんとしても古村が得た莫大《ばくだい》の利益を此度の損害の補填《ほてん》にあてたく、密《ひそ》かに国許より藩主正倫様の上意をもって大坂屋敷に呼び寄せ、古村五郎次を糾問した次第とか。

だが、古村はそのような事実一切なしと頑強に否定しおるそうな。この古村が得た利益は千数百両とも二千両とも大坂では噂《うわさ》されておるとか。

この古村、ただ今は大坂屋敷から江戸屋敷に移されて大目付支配下にて尋問が続いておるとか。

むろん福山藩中屋敷用人の職にある古村五郎次が若い妾の秋乃を妻恋坂に囲っておること、江戸屋敷大目付も大坂屋敷の勘定方も把握して江戸屋敷は数か月にわたり監視体制を取っておるとか。

大坂屋敷の勘定方藤岡忠左衛門《ふじおかちゅうざえもん》ら一行が密かに上府して秋乃の行動に注視をしておるについては、古村が未だに隠し持つ大金をなんとしても莫大な損金の補填に当てたい気持ちがあるゆえと察し候。

古村がなぜ数か月に及ぶ、大坂屋敷勘定方、江戸屋敷大目付の尋問で白を切り通しておるか、なにかここに秘密がなければならぬとは推察すれども、その秘密が探索できておらぬことをそなたに告げねばならぬことを残念に思い候。

こちらでも福山藩江戸屋敷に監視の目を注ぎ、さらなる事実を究明する所存に候ゆえ、秩父にても秋乃が古村五郎次の秘命を受けて行動しておるかどうか、探索のことお願い申し候。

むろん、そなたらの秩父行は彦四郎の身を案じてのことと宗五郎も承知しておりしが福山藩の江戸屋敷と大坂屋敷双方の確執内紛に藩金流用しての損得が微妙に絡まり、彦四郎の身の安全を危うくしておろうかと推察し候。

取り急ぎ福山藩の江戸屋敷を内偵し判明致し事を書状にして送り候。そちらから探索の報告があれば室町《むろまち》の飛脚問屋の鳩十に託されんことを願い候。

政次どの　　　　　　　　宗五郎」

政次は宗五郎の書状を何度も読み直して、秋乃の行動の意味を改めて考えてみた。

未だ阿部家が古村五郎次を福山藩江戸屋敷大目付の監視下軟禁した状態にあるにもかかわらず、藩金を流用して得た多額の金子を取り戻せない理由が判然としていなかった。

福山藩元大坂屋敷総元締の古村五郎次が腹も切らずにのうのうとしていられるための、

「秘密」

が明らかに欠けていた。

福山藩江戸屋敷の大目付木田光之助支配下日高助左衛門も大坂屋敷の勘定方藤岡忠左衛門の面々も古村五郎次が囲う妾に隠された秘密の鍵があると考えて追跡していた。

政次らは、秋乃の虜になった彦四郎を救い出したい一念で彦四郎と秋乃の後を追ってきた。だが、途中から阿部家の多額の隠し金が絡む騒ぎに巻き込まれて、にっちもさっちもいかない状態になっていた。

秋乃が旦那の古村五郎次から託されたと思える謎《なぞ》を彦四郎はどれほど承知しているのか。

政次は用意された硯《すずり》と筆の筆記用具を借り受けると、宗五郎に金座裏を出て以来、起こった騒ぎを仔細に記述した。

そして、こちらでも未だ秋乃に接触しておらず、旦那の古村五郎次からなにか秘密を託された様子かどうかも分からないことを記した。

また書状を鳩十に託した後、政次と亮吉は彦四郎らを追って武州街道越えで信濃国佐久郡臼田村に向かうと付記した。

最後に彦四郎の両親の武吉《ぶきち》となみ、それに綱定の大五郎《だいごろう》親方とおふじに必ずや彦四郎は連れて帰るから今しばらくの辛抱を願いたいと宗五郎から伝えてほしいと願った。

政次は親分に宛てた手紙を読み返して封をした。

店頭に戻ると亮吉と鳩十が上がり框に並んでお茶を飲みながら、お喋《しゃべ》りをしていた。

「番頭さん、座敷をお借りできて助かりました。江戸への返信にございます。お頼み申します」

と書状と代金を添えて飛脚問屋の番頭に差し出した。

「間違いなく鳩十さんが金座裏まで運んでいきますよ」

と番頭が請け合い、鳩十が、

「若親分、亮吉に聞いたが彦四郎が絡んだ一件だってね。あいつは亮吉と違って堅物《かたぶつ》だ、女に狂ったとなるといささかやっかいだね。頼んだぜ」

と願った。

「鳩十さん、その一件、鎌倉河岸に戻っても話さないでいてほしいんだ」

「お喋り亮吉からも言われたが、おれっち飛脚屋は客の話を他人に洩《も》らすのはご法度《はっと》だ、これについてはお上の御用を勤める金座裏でも同じことだろうがね。もっとも亮吉はなんでも喋っちまう」

「馬鹿野郎、おめえが秩父くんだりまで夜通し駆けてきたことに免じて仲間のことを話したんだ、有難く思え」

と鳩十に言った亮吉が、

「若親分、おれたちもそろそろ彦四郎のあとを追っていこうじゃないか。武州街道だなんて、おれ、初めてだよ」

「驚くな、亮吉。山また山だぜ」

と飛脚屋の鳩十が亮吉を脅し、政次が一分《ぶ》金を鳩十に差し出して、

「道中の飯代です。事が終わったら改めて豊島屋で馳走しますからね」

と約束して飛脚問屋の土間に下り立った。

三

二人が秩父を出立したのは昼九つ（正午）前のことだ。

秋乃と彦四郎の出立から一日半、福山藩の江戸屋敷大目付日高助左衛門、大坂屋敷勘定方の面々からも半日は遅れての秩父出立となった。

まず二人は秩父神社の三叉《みつまた》に戻り、武州街道の出口の橋を渡った。驚かされたのは北に向かって流れる荒川の水量の豊かさだった。その流れに材木を蔦《つた》で組んだ筏《いかだ》が川《かわ》並《なみ》の手で下流へと運ばれていくのが見えた。

「若親分、この流れが隅田川の源流かえ。おれにはなんだか江戸に向かうようには見えないがな」

「荒川は私たちが越えてきた多摩の山々を避けて一旦北上し、長瀞《ながとろ》を過ぎたあたりから東に向きを変えて寄居《よりい》、川本、熊谷《くまがや》と関東平野の平のところを大きく迂回《うかい》してね、中仙道の西を流れ、入間《いるま》川と合流して大河になるんだよ、亮吉」

「荒川は武州じゅうを挨拶《あいさつ》して流れているのか」

「まあ、そんなとこかね。一本の川が荒川、戸田川、隅田川、大川なんて呼び名を変えながら江戸湾に注ぐってわけだ」

「山を避けての長旅かい。この流れにのっかると両国橋に辿《たど》りつこうというのに、おれっちは反対に武州山中へと向かう旅かえ」

荒川を越えたあたりから緩やかな坂道になって武州街道は北から大きく西へと向きを変えた。

「亮吉、半日遅れたがやはり事情を知って彦四郎と秋乃の二人を追うのと知らずに追うのでは動きも違うからね」

「親分の手紙を待ったことだな」

「そういうことだ」

と応じた政次は亮吉に宗五郎が知らせてきた福山藩の内情を告げた。

「秋乃を囲った古村五郎次ってご仁、大坂屋敷時代に藩金を流用してひと稼ぎしていたか。ならば妾の一人や二人、囲うのは大したこっちゃねえな」

「古村はなんとなく秋乃にすべてを話しているような気がするんだ」

「大金の隠し場所をか」

「それだけではなく自らの保身の秘密を秋乃に話しているがゆえに、福山藩の面々も古村を処罰もできないし、秋乃についても簡単に手が出せなかったのではないかね」

「秋乃は古村五郎次に心を通わせているということか」

「古村が隠しもっている大金のためかもしれんがね」

「ということは彦四郎め、二人にただ利用されているだけか」

「そのへんがなんともな、不分明だな。私たちは未だ古村を知らず、秋乃の顔すら見たことがないんだからね」

ふーん
と生返事した亮吉は黙々と坂道を登っていく。

政次が今来た道を振り返ると荒川の流れがうねうねと秩父盆地の低地を蛇行して北に向かう景色が見えた。

秩父から一刻余りが過ぎて、下小鹿野村の辻に出た。

辻に茶店があって、お遍路姿の旅人が足を休めていた。

「若親分、腹が北山《きたやま》だ。なんでもいいや、腹に詰め込ませてくれないか」

と亮吉が泣き言をもらし、政次も頷いた。

「ご免よ」

と亮吉が茶店に声をかけて、

「なんぞ食わせてくれまいか」

と願った。すると老爺《ろうや》が姿を見せて、

「うちは茶店だ、食うもんたってきび団子くらいのもんだ」

「それでいいや」

と亮吉と老爺の間で話がついた。老爺が奥へ引っ込もうとするのを亮吉が、

「爺さん、ちょいとこいつを見てくれないか」

としほが描いた秋乃と彦四郎の人相描きを見せた。

老爺が両眼をしょぼつかせて、

「この二人、なにをしただね。今朝も侍方が人相描きこそ持ってないがよ、この二人のことを尋ねただ」

「こちらを通ったんだね」

「昨日の朝、まだ暗いうちに馬子の園八さんがおっそろしく綺麗《きれい》な女子《おなご》を馬の背に乗せて雲を突くような兄さんの供で峠に向かったな」

と政次を見た。

政次も彦四郎と同じように六尺豊かな体付きをしていた。

「やっぱり一日半の遅れか」

亮吉が腰を縁台に落とした。

二人は名物のきび団子を二串と渋茶を飲んで腹を満たし、再び武州街道の山道に戻った。目指すはおよそ一里先の小鹿野村だ。その先になると里らしきものはない山道に変わる。

「明日にも志賀坂峠を越えるために今日少しでも稼いでおきたいところだが、私たちの出立は遅かったからね。小鹿野村泊まりかねえ」

政次は長い旅路を思って無理をしない策をとろうと考えていた。

「秋乃はいくら馬の背にゆられているとはいえ、こんな険しい山道を旅するのは初めてだろう」

「江戸で生まれたか、どこぞの旅の空で産声を上げたか、まずこんな山里ではあるまい」

「難儀しているぜ」

「難渋しているのは彦四郎だよ」

「彦の奴、秋乃に体よく利用されているとも知らないで必死で尽くしているぜ。女は恐ろしいや、妹と思った女が菩薩の顔を持った夜叉《やしゃ》だってことに気付いてねえかね」

「さあな」

道中話しながらも二人の足の運びは衰えなかった。だが、刻々と日が山の端に迫っていた。

日没前、小鹿野村の集落に辿りついた。

「若親分、おれたちが一番しんがりだ。日があるうちに少しでも先に進まないか。この先、家が見つからないならば野宿をするさ。この時節だ、凍死はしめえ」

と亮吉が提案し、

「もう少し進んでみるか」

と政次も受け入れた。そこから数丁進んだところで荒川村に下る街道と交差する辻に出た。その辻の茶店の、

「あらかわ道と武州街道辻茶屋」

と書かれた幟《のぼり》が夕暮れの光に見えた。

武州街道に交差するあらかわ道が南に下って両神《りようかみ》村を抜けて荒川の流れに平行した秩父道とぶつかるのだ。

小女《こおんな》が店仕舞いをするのをかまわず政次らの馴染みの顔が独り酒を飲んでいた。福山藩江戸屋敷大目付支配下の日高助左衛門だ。

「金座裏の若親分、のんびりとした追跡行じゃな」

「親分からの手紙を秩父で待ち受けておりましたのでな」

「おや、そんな事情があってのことか」

「日高様、ちょいと話を聞いて貰えますか」

「それがし、こちらで人を待っておるでな。話を聞くくらいの間はある」

「親分が知らせてきたことですよ。古村五郎次様が大坂屋敷総元締時代に五軒家と称する摂津の商人らと組んで藩金を流用し、金銀相場で一山あてた話を知らせてきましてね」

「さすがに金座裏だ、やることが早いな」

「私どもは彦四郎の身しか関心がございませんので。どうです、お互いに腹蔵のないところを話し合い、助け合うというのは」

日高がしばし茶碗酒を手に思案した。

「若親分、金座裏はただの御用聞きではない。将軍御目見の江戸古町《こまち》町人の上に御三家を始め、大名諸侯とつながりがあるとも聞く。その金座裏の若親分の申し出を無視するわけにもいくまい」

「有難うございます」

「こちらにとって有難いことかどうか、それが問題でな。当代の藩主正倫様はただ今老中返り咲きを狙っておいでの折、藩内の醜聞が外に漏れるのはなんとしても避けねばならぬのだ」

「日高様、金座裏が二百年近く御城近くで金流しの十手の看板を掲げてこられたのも、偏《ひとえ》に目を瞑る時にはしっかりと目を瞑ってきたからでございますよ。その心掛けがなければ御用聞きが九代も十代も続きません。阿部家の不都合とあらば、親分も先祖と同じ策を取られましょうな」

日高が頷くとすっくと立ち、茶店の奥に入って何事か交渉していたが、貧乏徳利と茶碗を二つ自ら運んできた。そして自ら政次と亮吉の茶碗に酒を注いだ。

「同盟の印にございますか」

「深慮遠謀は考えておらぬ、嫌なら飲まんでよい」

「頂きますがね、飲むと山道を歩くのが嫌になる」

と亮吉が代わりに答えた。

「日が落ちてこの先を歩くなんて考えぬほうがよい。山道から谷に転がり落ちたら命を失うぞ。土地の人間も夜道は避けるほどでな」

と日高が亮吉に警告するように言った。

「日高様の話次第にございますよ」

「若親分、なにが知りたい」

「福山藩では不正を働き、大金を得た古村五郎次様をなぜ処分できぬのですな。お金の隠し場所を未だ白状せぬからですか」

「古村め、ぬけぬけと金銀相場で得た金子はすでに費消したと抜かしておる」

「大坂屋敷では二代目の総元締が多額の損を出したのでございましょう。古村が隠し持っていると思える金子は藩にとって虎の子の筈」

「手緩《てぬる》いと申すか」

「古村様の身柄、大目付の下にございましょうになぜ妾の後を追われるので」

「どうしてもその仔細を述べぬといかぬか」

「その方が互いの協力がうまくいくと思いませぬか」

よし、と自らを得心させるように言った日高が、

「福山に転封した阿部家の中で幕閣に食い込んだのは二代目の正福《まさよし》様であった。初めて大坂城代を務められた。三代目の正右《まさすけ》様は奏者番、寺社奉行、京都所司代、老中と順調に出世なされ、四代目の当代正倫様もまた奏者番、寺社奉行、老中を務められた。この三代の幕府内の出世に莫大な費用がかかったことは金座裏で城中を見てきたそなたらにも想像がつこう。

正倫様が老中を務められたのは、天明七年三月七日から天明八年二月二十八日の、たった一年足らずだ。この時期は領内で天明の惣一揆が発生した時期でもあった。藩政不安定、一国の治政もままならぬ者に幕藩体制の舵取《かじと》りができるかという理由で老中職を解かれたという噂もある。それがために正倫様は、なんとしても汚名返上、老中返り咲きを狙って猟官に努められてきた。だが、藩の金蔵に蓄財はない。そこで寛政三年（一七九一）、正倫様は大坂五軒家に蔵元を委任し、勝手向一式の引き受けを願った。つまり藩財政を勘定方から商人に任せたようなものだ。

この折、正倫様は多額の猟官費用を油屋らから引き出し、一札《いっさつ》を入れられたそうな。ようは十万石を担保にしての猟官の資金繰りだ。油屋らには正倫様が老中に返り咲くことができるならば万両の借財も瞬く間《またたくま》に取り戻せるという魂胆があってのことよ。だが、未だ、正倫様は無役である。

一方古村五郎次は、正倫様の代理として五軒家を相手にあれこれと腕を振るって、それなりの功績を上げたと申せよう。古村は正倫様の信頼厚いことをよいことに五軒家と共謀して摂津の金貸しから金子を借り受けて金銀相場に手を出し、かなりの利を得たようだ。その辺はどうやらそなた承知だな」

「古村五郎次様が得た利は千数百両から二千両と親分が知らせてきました」

「さすがに金座裏だ、うちの内情をたちどころに裸にしおった」

「古村様はこの大金を費消したというのですね」

「われらは未だ千両やそこらの金子を隠し持っていると推測しておる」

「ですが、古村様は平然として正倫様が猟官運動に使う金子を借り受けた折に五軒家に提出した一札を明らかにすると居直りましたか」

「そういうことだ。殿直々《じきじき》に古村五郎次に下げ渡し、その一札は五軒家の油屋などに渡ったと思われておった。それがなぜか古村五郎次の手にあるのだ」

と古村五郎次の身柄を押さえながらもなんの進展もない苛立《いらだ》ちを日高が告げた。

「して、その一札の内容はいかがです」

「借用書ゆえとおり一遍のものかと思うていたが、天明七年に老中に任官なされたとき、正倫様が付け届けした幕閣の名と金子が明記されておるそうな」

「なんとまあ危険な一札をお書きになられたものですな」

「古村五郎次が正倫様にあれこれと入れ知恵して書かせた挙句、このような危険な一札が五軒家には渡らず、古村五郎次自身の手の内にあるというのだ」

「それでは身動きがつきませぬな。むろん古村様のお長屋、国許の屋敷を調べられたのでございましょうな」

「半年以上も前から内偵に及んでいた事件でな、昨年、殿が参勤下番で国許に戻られてからも、古村五郎次を国許に呼び出し、お長屋、さらには国許の屋敷を調べた。だが、隠し持った大金など出てこなんだ」

「残るは妻恋坂の妾宅にございますか」

「手を入れようとした矢先、古村五郎次が国許を無断で離れ、江戸に戻るとなんとわれら大目付に出頭して参り、大目付木田光之助様にこれ以上身辺を内偵するなれば、藩主正倫様の直筆の一札を幕府大目付に提出すると居直ったのだ」

「なかなか用人さん、やるじゃねえか」

亮吉が思わず呟き、日高に睨まれた。

「すまねえ、つい口が滑った」

「江戸藩邸は上を下への大騒ぎだ。そのようなものを殿が商人風情に書かれる筈がない。いや、老中を目指しておられた折の殿は必死であった、もしやしてという者などあって騒ぎが続いた」

「是非を確かめるには殿様に聞くことだ」

「そのようなことが易々《やすやす》とできるものか」

亮吉の言葉を日高が一蹴《いっしゅう》した。

「ですが、国許の正倫様にお尋ねになったのですね」

「若親分、国家老浮田《うきた》精兵衛《せいべえ》様が切腹覚悟でお確かめなされたところ、殿はあっさりとそのようなことがあったかのう、と答えられたそうな」

「つまり古村五郎次様は幕閣を巻き込む爆裂弾を所持しておるのでございますね」

「五軒家の連中にも尋ねたがそのようなものは知らぬ、むろん借用書なれば所持しておると答えたそうな。この借用書、どうやら古村五郎次が殿の手蹟を真似たものであった。そこで五軒家の商人らも偽の借用書と分かり、古村に談判致すと大坂屋敷の勘定方藤岡忠左衛門らと一緒になり、江戸へ人を送ってきたのだ」

「それが秩父に下る峠道で私どもの前に現れた面々ですね」

「いかにもさよう。これが同じ福山藩阿部家中で大坂屋敷勘定方と、われら江戸藩邸大目付が二派に分かれて古村の妾の秋乃を追う事情なのだ。どちらも先に一札を手に入れて此度の騒ぎをとり静めるとともに、古村五郎次への恨みを晴らそうと考えておるのだ」

「およそのことは分かりました。日高様方は正倫様直筆の一札を秋乃様が持っておると考えているのですね」

「あたるところはすべてあたったでな。それがしも古村五郎次を尋問致したが、秋乃なる妾を信じておること、なかなかのものでな。古村は秋乃に手を出すようであれば、一札はたちどころに幕府大目付筋に届けられることになると脅しおった」

「つまり古村様は秋乃様には託しておらぬ。別の人物だと主張したのですね」

「だが、そのような人物は見つからぬのだ」

「そこで元にもどり、秋乃様に狙いを定められた」

「そんな折、妻恋坂に見知らぬ町人が入り込み、われらをいささか慌てさせた」

「彦四郎め、なんも知らないで秋乃の術中に嵌まり込みやがった」

「と申してよいかどうか。秋乃という女、なかなか男好きでな。古村五郎次にも彦四郎にもよい顔をみせておるようだ。ともかくそんな最中、あの妾宅から二人の姿が消えてな、われらも慌てた。若親分、そなたが女房どのとあわの雪を訪ねたと報告を受けてな、女将に二人が消えた先を問い合わせたというわけだ」

政次としほの行動にも福山藩の見張りが付いていたことになる。

「われら、大目付、死にもの狂いで秋乃という女の身辺、過去を探った。そなたら、どれほどのことを承知だな」

「秋乃様が名人気質《かたぎ》の左官職正三郎の娘であること、父親が若い娘と心中立てをしたあと、心中相手の娘の家に引き取られて十六の年まで育てられたことぐらいでございましょうかね。その後、あわの雪の酌婦になるまでの数年が全く分かっておりませんので」

日高がにやりと笑った。

「金座裏を出し抜くというのはいい気分だの」

「と申されますと」

「大名家にはいろんな人間が出入り致すがな、とても御用達《ごようたし》なんて看板を上げられない連中もおる。武家相手の女衒《ぜげん》もまたそんな一人よ」

「武家相手の女衒にございますか」

政次も亮吉も初めて聞くことだった。

「おう、武家屋敷は武家屋敷で接待役があってな、猟官の際などに利用される。見目《みめ》麗《うるわ》しい娘の生身に熨斗《のし》をかけて、この生人形を相手に贈るといったことまで致す。そんな娘の中でも上玉を扱う大名女衒が菊坂の敬二郎《けいじろう》という男だ。

この敬二郎と秋乃がどうやって知りあったかは未だ調べがついておらぬ。だが、敬二郎の下で秋乃は女を磨かれ、寝床の艶技百般を教え込まれた。敬二郎が秋乃を神田明神裏のあわの雪に酌婦として奉公に出したのは秋乃が熨斗をつけた人形に仕立てるには年が少しばかり食い過ぎていたからだそうだ。その分、秋乃にはどんな男にでも尽くす得意技があった、つまりは男好きということかのう。ともかく秋乃は女郎蜘蛛《じょろうぐも》だ、この体に古村五郎次も彦四郎も虜になった」

「なんということで」

と政次が呻いた。そして、しばらく沈思していたが、

「日高様、大坂屋敷の面々はどうしてこのような内情を知ったのでございましょうね」

「江戸屋敷に大坂屋敷方の密偵が入り込んでおるでな、互いに情報は一日二日で筒抜けだ」

と日高が苦笑いした。

「最後にお尋ね申します。日高様は密偵を少林寺の床下に潜り込ませましたか」

「いや、そのようなことはせぬぞ」

「ならば大坂屋敷の密偵にございましょう」

「面々、馬を雇って武州街道の険しい山道を走っておるわ。見知らぬ土地、難儀しておろうな。それでも馬は早い、今頃は志賀坂峠辺りに到達しておろうかのう」

と日高が呟いた。

「日高様、もし秋乃が正倫様の直筆の一札を隠し持っていたとしたら、どうすればよ

ろしいので」

「そなたらが手に入れられたら、われらに届けてくれることがまず一番。われら、危険な書付けは即座に処分致す所存である」

頷いた政次は亮吉に、

「先に進もうか」

と言い、立ち上がった。

「夜旅かえ」

「大坂屋敷の面々が彦四郎らを追い詰めているんだ。秋乃に危害が加えられると思えば彦四郎は死に物狂いで立ち向かうと思わないか」

「間違いねえ」

残った酒を飲み干した二人は日高に頭を下げると、暮れなずむ武州街道をさらに奥へと進み始めた。

その様子を盃の酒を嘗《な》めながら日高助左衛門が見送った。

四

武州街道は信濃国茅野《ちの》と武州入間を結ぶ街道である。この街道上に信濃側から麦草峠、十石峠、志賀坂峠、そして、正丸峠と難所の峠越えが四つもあった。

政次と亮吉の二人が秋乃の父親の故郷に向かうには志賀坂峠、十石峠を越えねばならなかった。

日高助左衛門と別れた二人は、一夜の宿を願う人家でもないかと日が暮れた街道を半里ほど歩いた。だが、いよいよ闇が深くなるばかり、明かり一つ見えない。そこで路傍で見つけた地蔵堂に入り込んで、夜の明けるのを待つことにした。

「若親分、日高様と会った小鹿野の辻なれば人家に宿を願えたぜ」

と亮吉がちょっぴり恨みがましそうに言った。

「すまない、亮吉」

「なにも謝ってほしくて言ったんじゃないよ。日高様を信用してないのか」

「うーん、日高様の話を信じていないわけではない。だがね、なんとなくまだ隠しごとがありそうでね、無理して小鹿野を出ちまった。そのせいで地蔵堂に厄介になることになっちまったな」

小柄な亮吉はまだしも六尺を超えた政次には窮屈な地蔵堂だ。二人が並んで膝を曲げ、寄り添うようにして空腹を抱えて寝に就いた。

蚊に悩まされながらも二人はうつらうつらと眠った。

亮吉が目を覚ましたとき、傍らに政次の姿はなく、地蔵堂を出てみると政次は地蔵堂の傍らから滴《したた》り落ちる岩清水で顔を洗っていた。

ふあっ

と欠伸《あくび》をした亮吉が、

「体じゅうが痛いぜ。彦四郎め、どれだけ兄弟分に迷惑をかければ済むんだか」

と手足を伸ばした。

谷底から朝霧が這い上がってきて、武州街道の視界を閉ざしていた。

亮吉は岩清水で顔を洗い、口を漱《すす》いで髷《まげ》を濡《ぬ》れた手で撫《な》でつけた。

「朝飯を食べさせてくれるところがあればいいのだけど」

と政次が危惧の言葉を吐きながら、地蔵堂の一夜の宿に感謝して合掌し、二人は街道を再び西進し始めた。

地蔵堂からおよそ一里半、赤平《あかびら》川の細流の岸辺に数軒の家が寄り添うようにあった。山の斜面に段々畑があるところを見ると、この畑を耕し、山に入って猟などで暮らしを立てているのか。

一軒の家の屋根からは炊煙が上がっていた。

「若親分、ちょいと朝餉が頼めるかどうか願ってみよう」

と亮吉が政次を街道に残して一軒の家に入っていった。だが、直ぐに出てきて政次に顔を横に振ると次の家に向かった。それも直ぐに姿を見せた。

「駄目だ駄目だ。旅人に食べさせるような余裕はないとさ。銭はちゃんと払うといったんだがどこも他人様《ひとさま》に施《ほどこ》す食べ物はないと断られた」

「武州街道を嘗めたかね。やはり私たち、江戸育ちの甘ちゃんだったな。この先の里でなんとか食べ物飲み物を工面しよう」

腹を空《す》かせた二人は致し方なく先へと進むことにした。

「秋乃と彦四郎の人相描きを見せたんだが、日中は畑に入っていてだれが街道を通ったかなんて知らないそうだぜ」

政次と亮吉の二人は黙々と細くも険しい武州街道をひたすら難所の志賀坂峠を目指した。

時に鈴の音が行く手から響いてきて、秩父霊場巡りのお遍路一行に会った。その都度、亮吉は人相描きを見せて彦四郎と秋乃を目撃したかどうか聞いたが、数組のお遍路は、

「私どもは物見遊山《ゆさん》の旅ではございませんでな。野地蔵様があれば観音経を上げての遍路旅、他人様に触れ合う道中ではございませんよ」

と顔を振った。

「街道に慣れた馬子が従っていると聞いたが、彦四郎と秋乃め、おれたちが考えるより先に進んでいるぜ」

いくつもの小さな集落を過ぎたがどこもが数軒が山の斜面にへばりつく貧寒とした里であった。また日のあるうちは段々畑に働きに出ているのか、人の気配はなかった。

「若親分、こりゃえらいことになったぜ」

亮吉のぼやきを最初こそ受け流していた政次だが、

「なんとも甘かったね」

と自らの判断の悪さを嘆いた。

地蔵堂から山道三里は歩いた頃合い、上野《こうずけ》国万場《まんば》村からきたという夫婦者の遍路に出会った。合掌した亮吉が、

「すまねえ、この先に飯を食わせるような里はありますかね」

と聞いた。男の遍路が、

「飯となな、志賀坂峠下の坂本までいかねばないぞ。そこに峠越えの旅人相手の飯屋がある。じゃが、この刻限からでは幟が上がっているうちに坂本まで着けるかのう」

「どれくらいございますな」

と政次も言葉を添えた。

「まあ、たっぷり半日はかかるべえ」

「半日だって」

亮吉が街道の上にへたり込んだ。

「よほど腹が空いたかねえ」

女遍路が背の荷から餅と干し柿を二つずつ出して恵んでくれた。

地獄に仏とはこのことか。二人は手を合わせてお遍路の好意を受けた。

喜捨《きしゃ》をすべきお遍路から恵みを貰った二人は鈴が遠のいていくのを合掌して見送った。その背が山道に消えたとき、亮吉が、

「干し柿を食べていいかね、若親分」

「そうだな、餅はこれからの時のために残しておこうか」

二人は干し柿をゆっくりと味わいながらひたすら志賀坂峠を目指した。

さらに山奥に入り、出会う人もまばらになり、海を抜くことおよそ二千四百尺の志賀坂峠を遠くに望む小さな峠道に差し掛かった時、政次の足がぴたりと止まった。

「おかしくないか」

「なにがだ、若親分」

「今日はまだひと組も彦四郎と秋乃に会ったという里人にも旅人にも会ってない。この狭い山中の街道だぞ、馬子連れの二人と擦《す》れ違って見落とす筈もあるまい」

「たしかに見た者はいないがよ、この山道からどこに消えるというんだね」

「街道に慣れた園八さんが馬子に付いての旅だ。街道を迷うということもあるまいしな」

「ないな」

と亮吉が腹の虫が鳴るのを止めるために手で押さえた。

「秋乃はなんのために臼田村に行くのだ」

政次が自問するように呟いた。

「若親分、先祖の墓参りか、例の阿部正倫様の一札を隠しにいくか、どっちかだと推測を立てたのはだれだ」

「秋乃の気性を読み違えていたとしたらどうなる。私たちが考える以上にしたたかな女かもしれないと思えてきたんだ」

「おれは最初からそう思っていたけどね。女にうぶな彦四郎は別格として若親分も女にはかなり甘いぜ」

「そうか、そうかもしれないね」

「認めたか。なにも世間の女が皆しほさんのように気立てがいいとは限らないんだからな」

首肯した政次が、

「江戸育ちの秋乃がいくら馬の背とはいえ、この険しい峠道を越えてでも亡くなった親父様の村を訪ねるだろうかと最前から考え出したんだ。武州街道を通って信濃入りというのは私たちや福山藩の尾行者を欺くための策ではないのかとね」

「秩父でそう思い付いてほしかったぜ」

「秋乃は最初こそ秩父を出て武州街道に足跡を残していた。だが、途中からどこぞに行き先を変えたんじゃないだろうか」

「どうしてそんなことを考えた」

「日高様が小鹿野村の辻の茶店で待ち人だといって神輿《みこし》を据えておられたな。待ち人とは私たちのことではないのか。大坂屋敷の面々は武州街道の奥へと馬で先行した。あとにくるのは私たちだけだ」

「おれたちと大坂屋敷の面々を通り過ごさせてどうしようというのだ」

「彦四郎と秋乃が方向を転じた場所へと急行したんだよ。あの辻は武州街道と秩父往還に向かう道が交差するところだ」

「だからどうした」

「両神村を抜けて秩父往還に抜ければ荒川の岸辺だ」

「若親分がなにを言いたいんだか、おれには分からねえ」

「彦四郎の仕事はなんだ、亮吉」

「そりゃ、綱定の」

と言いかけた亮吉が悲鳴を上げた。

「あいつら、おれたちを山奥に追いやっておいて荒川で船を捜し、一気に江戸に舞い戻ろうという寸法か」

「日高様は秋乃の企みに気付いたからこそ小鹿野の茶店で腰を落ち着けていなさった。今頃、彦四郎らを船で追っておられるかもしれないぜ」

「なんということだ。おれたちは日暮れを前にして武州街道の山ん中、それもよ、足は棒、腹は北山、背の皮に付くほどだ」

「腹が空いた空いたと何度も言うな、亮吉」

「どうする」

「どう思うな、私の推量は」

「そんな気がするがな、もし間違ったとなると取り返しがつかないぜ。彦四郎と秋乃がこの街道の奥へは行ってないという、しかとした確証がほしい」

「志賀坂峠下にいけば峠口にめし屋があるとお遍路の夫婦が教えてくれたな。そこで確かめた上で先に進むか戻るか決めないか」

「となると急がねば店が閉まってしまうぞ」

二人はお遍路の夫婦から喜捨された餅を齧《かじ》りながら、汗みどろになって志賀坂峠下の坂本に急いだ。

日暮れ前、峠下の坂本が見えてきて、路傍にめし屋と幟を上げた店と、ちょうど峠上から馬子が下りてくる姿が見えた。

「なんとか間にあった」

峠下の坂本のめし屋は仕舞いかけていた。そこへ峠上からの馬子と政次らがほぼ同時に鉢合わせするように着いた。

「親方、ちょいと尋ねたい」

と亮吉が汗のしたたる顔で聞いた。

「なんだい」

亮吉がしほの描いた彦四郎と秋乃の絵を取り出して見せると、

「この先の武州街道でこの二人を見かけなかったかえ。おまえさんらの仲間の園八さんが従っている筈だ」

「園八だって。われは十石峠越えできたが園八には会わないな」

「やはり会いませんでしたか」

と政次も加わった。

「おまえさん方、一体何者だ」

「江戸金座裏で長年お上の御用を承《うけたまわ》ってきた宗五郎一家の若親分と手先だ」

「なにっ、金流しの親分のところのものか」

馬子は江戸の情報にも詳しいのか、そう答えた。

「われはこの二人にも園八にも会わねえ。だがよ、今朝方、十石峠下で馬に乗った人相の悪い連中に会っただ。こやつらが上方訛《かみがたなま》りで威張りくさって、女と男の二人連れが武州街道を信濃に向かったかと聞くからよ、あああ、と空返事をしておいた。そやつら、峠に馬で乗り切るつもりだぜ」

と馬子がせせら笑った。

備後福山藩大坂屋敷の藤岡忠左衛門一行だろう。

「馬子さん、何人でしたね」

「秩父で都合したという馬が六頭だ。中には二人して乗っていたものもいた。ありゃ、馬が可哀《かわい》そうだ」

と馬子が言い、

「馬子さん、いい話を聞かせてもらいました。これは話代にございます」

と政次が懐の財布から二朱を出して差し出した。

「若親分、話代に二朱だって」

「今晩はこちらでお泊まりですね、酒代にして下さいな」

「遠慮なく頂戴いたしやす」

と馬子が髭面《ひげづら》を笑いに変えて受け取り、

「若親分方も今晩はわっしと一緒に坂本に泊まり、明日にも峠越えですかえ」

「いえ、おまえ様の話を聞いてこれから秩父に向かって引き返します」

「えっ、武州街道を夜道でいくって、そりゃ無理だ」

「危ないことは分かっております。いささか事態が切迫しておるようです」

話を聞いていた飯屋の親爺《おやじ》が、

「手先さんはだいぶげんなりしておられるぞ」

と言った。

「店仕舞いの刻限、真にすいませんがこれでなんぞ食い物と飲み物を急ぎ都合してくれませぬか」

　と政次がこちらにも思い切りよく一分金を差し出した。

「江戸の方は性急じゃな、元次《もとじ》さんよ」

「御用を勤めるのが金座裏だ。親爺、急いで食い物を仕度するんだよ」

と馬子の元次が飯屋の親爺の尻を叩き、あっという間に握り飯に漬物、それに竹筒に酒までが用意された。

　亮吉が江戸から持参した小田原提灯に明かりを入れて、二人は再び今来た街道をひたひたと引き返し始めた。

　小田原提灯を持つ亮吉に政次が飯屋の親爺が用意した竹皮包みの握り飯を一つ取り出して渡した。

「米の飯は久しぶりだぜ。事が解決したら、彦四郎の野郎に精々奢《おご》らせてやる」

　と亮吉が握り飯にぱくついた。

　夏とはいえ武州街道の山中だ、日が落ちると同時に気温が急に下がってきた。

「畜生、腹がくちくなったら眠気が襲ってきやがった。彦四郎め、武州の山ん中を引き回してくれるぜ」

　とぼやきをまた繰り返した。

「今頃彦四郎も気付いているかもしれないよ」

「気付くってなにをだ」

「秋乃の正体にだよ」

「若親分、おれたち、秋乃って女を知らないんだぜ」

「だが、亮吉ではないが、これだけ引き回されたら、秋乃の考えが分かろうというもんじゃないか」

「彦四郎は利用されてんだな」

「そうとも言えるし違うとも言える」

「どういうことだ」

「亮吉がいうように私たちは秋乃を直には知らない。だが、彦四郎がいなくなって、私たちは普段見せたこともない大胆な彦四郎の行動を通しての秋乃を見てきたと思わないか」

「まあな」

「秋乃という女を魔性の女といったのは、澤水の女将だったな」

「おりゃ、あのときは分かったつもりでいたがよ、魔性の女ってなんだ」

「それだ。私もただなんとなく分かったつもりでいた。だが、とくとこの言葉がどのような意味を持つか考えたとき、秋乃の正体が見えてきたと思えるようになったんだ。秋乃は、あわの雪の酌婦から囲い者にしてくれた古村五郎次ともお互いの秘密を共有するような仲が今も続いているとみたほうがいい。一方で十数年ぶりに出会った彦四郎とも深い仲へと誘い込み、この関わりも心から楽しんでいるんだ、彦四郎を決して騙《だま》しているわけではなかろう。秋乃は、何人もの男を同時に好きになり、暮らすことができる女に武家女衒の菊坂の敬二郎に仕立て上げられたんだ」

「若親分、奇妙な考えに落ちたな。ということは未だ女は彦四郎にべた惚れということか」

「でなければ、彦四郎がすべてを投げ打って秋乃に尽くすと思うか。彦四郎は未だこんな秋乃の正体に気付いていない」

「若親分はつい最前彦四郎は気付いているかもしれないといったぜ」

「秋乃の、必要ならどんな男相手でも燃え上がるように仕込まれた正体をなんとなく察しているかもしれない。ただ自分の他に秋乃に男がいるなんて、彦四郎は考えたくないんだ」

「ややこしい話だな。つまり彦四郎は秋乃にとって惚れた男の一人ってことだな」

「そうだ」

「彦四郎がそのことに気付いたらどうなる。あいつは秋乃を昔の三つ四つの頃の秋乃だと思っているぜ」

「だから、夜旅を急いでいるんじゃないか」

ふーう

と亮吉が重い息を吐いた。

足元の悪い夜旅はいつ終わるともなく続いた。

政次と亮吉は明かりに浮かぶ武州街道を一歩一歩踏みしめて小鹿野村の辻へとひたすらに引き返していった。

第五話　宝登山神社の悲劇

一

荒川は全長四十三里強、武州、甲州、信州三国を回遊して末は江戸湾に流れ込む。

水源は二説あって、
その一は、甲武信ヶ岳《こぶしたけ》の「真ノ沢《しんさわ》」。

その一は、荒川に流れ込む秩父《ちちぶ》往還上流の滝川と入川《いりかわ》の合流部。

ともあれ秩父山地の豊かな水を集めて東から秩父盆地に流れ込む。

その後、長瀞《ながとろ》渓谷に向かって北へと転じ、さらに、東に転じて寄居《よりい》で関東平野に達する。

寛永《かんえい》六年（一六二九）、関東郡代伊那忠治の指導によって、河川の流れが大きく変わった。熊谷《くまがや》付近で河道をせき止め、川越《かわごえ》で和田吉野川に付け替えて入間《いるま》川に合流させたのだ。

ために流れは再び東流して戸田川、荒川、浅草川、隅田川、大川と土地土地で名を変えながら江戸湾に注ぎ込む。

政次《せいじ》と亮吉《りょうきち》は武州街道を志賀坂峠下から一昼夜かかって荒川の流れが見えるところまで辿《たど》り着こうとしていた。

疲れもあり、山道の旅は思うほど足の運びが捗《はかど》らなかった。だが、政次も亮吉も握り飯を歩きながら食し、水を飲みながら歩き通した。

日高助左衛門《ひだかすけざえもん》と出会った小鹿野の辻《つじ》に翌日の昼前によろよろと差しかかり、茶屋で亮吉が、日高の待ち人が来たかどうか尋ねた。すると茶店の主《あるじ》が、

「いんや、おまえ様方と別れなすった後、あの侍さんは秩父往還のほうに下っていかれただ」

と答えていた。

亮吉が政次に視線を向けて、

「若親分、勘があたったよ。一日前にその勘、働かせてほしかったぜ」

とぼやいた。

亮吉も政次に不満をぶつけているわけではない。なにか口にしていないと武州街道で無駄にした数日の山行が耐えられなかっただけなのだ。

「亮吉、此度ばかりは勘が狂い放し、いや、働かないんだ」

「普段の御用と違わあ。兄弟同然家族同然に育った彦四郎《ひこしろう》の思わぬ行動によ、このむじな亭亮吉もどうにも冴《さ》えない。若親分の焦りが分かるぜ」

二人はぼやきながら武州街道を外れて秩父往還へと下る両神《りようかみ》道に入った。

道は二里半ほど荒川に向かって蛇行しながらゆっくりと下っていく。

「若親分、彦四郎は日高様方ですら一日半、おれたちからは三日以上も先行していやがるぜ。船頭の彦四郎の腕だ。もう江戸に到着しているんじゃねえか」

「ああ、彦四郎のことだ。そうであってもなんの不思議ではなかろう」

と政次が素直に認めた。

「江戸に舞い戻った彦四郎め、どうする気だ」

「彦四郎の考えではない、秋乃《あきの》がどう企《たくら》んでいるかだ」

「正倫《まさとも》様の一札をさ、江戸屋敷大目付の支配下にある古村《こむら》の身を救い出すために使うなんてことはあるまいな。そうなると彦四郎の立場がないぜ」

「その辺がなんともな。ともかくだ、私たちは二人が江戸に舞い戻ろうとどこに向かおうと、秋乃の欲望の呪縛《じゆばく》から彦四郎を解き放つことができると信じて動くしかあるまい」

両神道に入って一里も進んだか。

背後から馬蹄《ばてい》の音が響いてきた。

「大坂屋敷の面々が気付いて戻ってきやがったか」

政次と亮吉は道沿いに建つ薬師堂の陰に身を潜めた。

さらに馬蹄が高鳴り、汗みどろの人馬が三組、荒川に向かって疾風のように駈《か》け下っていった。

「これで大坂屋敷の藤岡らにまで先を越されたぞ」

「致し方ないな。残りはどうしたかな」

と言い合いつつ、二人は再び両神道を下り始めた。

最初の三組の人馬から追い抜かされて半刻以上が過ぎた頃、再び馬蹄の音がしたが、最初の組よりもそれは弱々しかった。

「亮吉、大坂屋敷の残党、少しでも減らしておくか」

「憂さ晴らしだ、ひと暴れするかい」

亮吉が張り切った。

よし、と政次が腰の背に差し込んだ銀のなえしを抜くと柄頭《つかがしら》の鉄環に結ばれた平打ちの組紐《くみひも》を解いて構え、路傍の草叢《くさむら》に身を潜めた。すると心得た亮吉が道の真ん中に立った。こうなると黙っていても息があった若親分と手先だった。

ぽこぽこと姿を見せたのは、二頭の馬だ。先頭の馬には大兵が跨《また》が》り、山道の馬行に腰でも痛めた風情でゆっくりとやってきた。さらにその後方に二人乗りの馬が姿を見せた。二頭の馬に乗る三人とも備後《びんご》福山藩の大坂屋敷の面々が結託する五軒家の商人らが雇った武芸者だった。

三人の顔には馴《な》れぬ秩父の山道にうんざりとした様子がありありとあった。

一人乗りの大兵が道の行く手を塞《ふさ》ぐ亮吉に気付き、

「下郎、どけ、踏み潰《つぶ》すぞ！」

と叫んだ。

政次は草叢にしゃがんだ構えで銀のなえしを頭上でぐるぐると回転させ始めた。

ふーむ
と大兵が異変に気付き、

「その方らは江戸の御用聞きじゃな」

と鞍上《あんじょう》に上体を伸ばした。

その瞬間、政次の手からなえしが飛んで紐が馬上の大兵の首にくるくると巻き付き、
政次が、

ひょい

と紐の端を引くと、

あああっ！

と悲鳴を上げて鞍《くら》から道端に転がり落ちて気絶した。主を失った馬の手綱《たづな》に亮吉が飛び付き、逃げようとする馬を確保した。

「やりおったな！」

二人乗りが馬腹を蹴《け》ると疲れた馬がそれでも速度を上げた。

政次は大兵の首に巻き付いた紐を解くと、今度は道の真ん中に立ち上がり、なえしを大きく回転させ始めた。

馬上の後ろの武芸者が斜めに背負った剣を抜いた。

政次の手から銀のなえしが放たれたのはその時だ。手綱をとる武芸者の鬢《びん》に銀のなえしの先端が、

ごつん

と当たり、鞍上から武芸者を路傍に転がり落とした。異変に馬が驚いて前足を大きく上げ、剣を抜いて八双《はっそう》に構えていた武芸者を振り落とした。

空身になった馬が走り出そうとするのを政次が手綱をとって止めると、

「どうどう」

と首筋を優しく叩《たた》いて鎮めた。

政次も亮吉も江戸の裏長屋生まれだ。だが、馬方《うまかた》が多く集まる鎌倉河岸《かまくらがし》育ち、物心ついたときから馬に親しみ、扱いにも慣れていた。

「若親分、手綱を貸してくんな。馬をどこかで休ませようじゃないか」

と亮吉が二頭の手綱を引いて道から外し、気を鎮めるためにゆっくりと歩かせた。

「さて、こやつら、どうしたものか」

気絶した三人を確かめた政次が武芸者の刀の下げ緒を外して背の後ろで次々に縛り上げた。

「後ろから来る仲間に警告だ」

「綱なら馬の鞍にあるぜ」

と心得た亮吉が馬の鞍から輪になった縄を外して、政次に投げた。

政次は縄の端に拾った石を結ぶと、その重石《おもし》をぐるぐると回して道の上に差しかけた杉の大木の枝に縄を通した。重石が再び政次の手に戻り、今度は気絶した三人のうち一人の体を縄でぐるぐる巻きにすると、もう一方の縄の端を引き揚げ、杉の大木の枝に身を吊《つ》るし上げた。残りの二人は杉の幹元に縛り付けた。

吊るされた武芸者が意識を取り戻して、

「武士に対してなにを致す」

と叫び出したが、

「武士もなにもあるものか。頭を冷やして大坂に戻る算段でも考えろ」

と亮吉に怒鳴られ、黙り込んだ。

「後ろから来る連中もこの三人と大同小異、大した奴じゃあるまい」

「馬を引いて荒川に下るかえ」

「そうしようか」

政次と亮吉はそれぞれ馬を一頭ずつ引くと再び進み始めた。

しばらく行くと岩清水が流れ落ちる自然の水飲み場があった。汗がようやく引き始めた馬たちにたっぷりと水をやると馬も心なしか生気を取り戻したようだ。

「馬公よ、おれたちを背に乗せてくれめいか」

亮吉が馬に話しかけると、ひひーんと鳴いて応《こた》えた。

「この分ならば乗せてくれるぜ」

亮吉の気持ちが分かったようで馬は二人を鞍上に大人しく乗せてくれた。

「そろそろ荒川が見えてこよう。私たちも少しでも体を休めて最後の川下りに備えようか」

「とはいえ、彦四郎の影もかたちも見えないぜ」

「いつもと様子が違って後手後手だ」

「江戸を離れると金座裏の神通力も効き目なしか」

「そういうな、亮吉。これから段々と江戸に近づく。となれば亮吉のいう神通力も蘇《よみがえ》ろうというもんじゃないか」

先頭を行く政次の目に緑の中をうねり流れる荒川の流れが見えてきた。

小鹿野沢から下ってきた道は阿弥陀寺《あみだじ》の下で秩父往還とぶつかり、左に向かえば三峰《みつみね》神社の参拝口に辿りつく。

政次たちはいったん下馬して荒川の河原への下り口を探した。

「大坂屋敷の面々と鉢合わせしないか」

「その時のことだ」

いささか秋乃と彦四郎の行動に振り回されて、政次はいつもの平静さを欠いていた。

杉林の中に河原に下りる道を見付けた二人は、馬を引いて下って行った。河原では山から伐《き》り出した丸太を筏《いかだ》に組んで流す材木場があって、筏師や川並《かわなみ》たちが仕事をしていた。

その傍《かたわ》らに馬が三頭繋《つな》がれていた。大坂屋敷の三人が乗って武州街道を必死に戻ってきた馬で、体じゅうに汗が固まった白い塩が吹き出ていた。

仲間同士が出合い、互いに嘶《いなな》き合った。

「その馬の連中はどうしましたえ」

と亮吉が話しかけた。

「おまえさん方も彦四郎と秋乃とかいう駆け落ち者を追っかけているのか」

筏師の親方か、初老の男が政次と亮吉を振り返った。

彦四郎と秋乃のことを藤岡《ふじおか》らは駆け落ち者と説明したのか。

「彦四郎の面は駆け落ち者じゃないと思うがね。それにしてもよう名前までご存じだ」

「しつこく聞かれたからな。二日前に二人が姿を見せて、男のほうが船を借りたいと言い出したんだ」

「二人は首尾よく船を手に入れましたかえ」

亮吉が聞いた。

「船はあってもどれもが荷船だ。いきなり小判を見せられてもそう易々《やすやす》と貸せるものか。明日からの仕事に差《さ》し支《つか》える」

「でしょうね。あいつら、どんな知恵を働かせてやがったかね」

「ちびの兄さん、でかい兄さんのことをようもご存じだ」

「そりゃそうだ、おれたち三人は同じ長屋で兄弟のちんころみてえに育ったんだ。相手がなにを考えているかなんて見通しだ」

ふーん、と鼻で返事をした親方が、

「その夜のことかね、一番新しい荷船が消えた」

「船頭の彦四郎が他人様《ひとさま》の船を盗んだって！」

亮吉が素《す》っ頓狂《とんきょう》な声で叫んだ。

「あの大きな兄さんは船頭かえ、どおりで船を見る目があると思ったよ。手紙と金子《きんす》五両が残してあってな、手紙には、無断で船を借りる詫《わ》びの言葉と川越の新河岸の船宿伊勢安《いせやす》に船は預けておくと書かれてあった。それがほんとうならば、五両なんて法外の借り賃だ」

「彦四郎が書き残したんなら心配ねえ、あいつは金座裏の宗五郎《そうごろう》親分の御用達《ごようたし》だからな。なんぞ間違いがあれば、ほれ、このお方が金座裏の十代目、若親分だ、彦四郎の尻拭《しりぬぐ》いはして下さるよ」

と亮吉が説明し、

「安心した、二、三日内に川越に人を送る」

と親方がほっと安堵《あんど》の言葉を洩《も》らした。

「親方、その他に彦四郎らを追ってきた武家方はいないか」

「備後福山藩の大目付と名乗るお武家様がやはりおまえ様方のようにあの駆け落ち者を追ってきてよ、船頭と船を秩父の河岸で借りたそうだぜ」

「二日前のことだな」

「そうだ、兄さん」

親方が亮吉に答え、

「あの馬の連中はどうしたね」

「あいつらが一番鼻息の荒い三人だったな。最前、この河原に馬を乗り付けて折から通りかかった船を呼び寄せて強引に乗り込んで秩父方面に下って行った。あっ、という間の出来事でよ、残された馬をどうしろというんだね」

「おれたちが乗ってきた馬もあやつらが秩父の伝馬宿《てんま》で借りだしたものだ。こっちの二頭と一緒に伝馬宿に返すしか手はあるまい」

と亮吉が知恵を働かした。

「金座裏の衆よ、あの三人も彦四郎さん方を追っているのか」

「そういうことだ」

「そして、おまえさん方が最後かな」

「あとに残っているのは雑魚《ざこ》だ」

と亮吉が応じて、河原に着いて以来、一言も口を利かない政次を振り返った。

「若親分、おれっちもどこぞで船を借りて彦四郎のあとを追おうぜ」

という亮吉に頷《うなず》いた政次が親方に、

「親方、船を雇うとしたら秩父にございますかね」

といつもの丁寧な口調で尋ねた。

「若親分、最前の連中もいることだ。秩父だからといって、そうそう貸切船はあるめえよ」

「それは困った」

「若親分方、舟は操りなさるか」

「江戸の御用には足代わりに舟が付きものでしてね。兄弟分の彦四郎が船頭ということもあって、二人とも見よう見真似《みまね》で扱えますよ」

「ならば小さな舟が残ってないこともない」

と親方が流れに張り出した小屋に政次と亮吉を連れていった。するとそこには猪牙《ちょき》舟《ぶね》よりもひと廻《まわ》り小さいが、帆が張られるような仕掛けを持った小舟があった。

「わしが網を打つときに使う舟だ。お貸ししよう。伊勢安に預けておいてくれればいい」

「助かりました」

と答えた政次は、

「どうして私どもにこの小舟をお貸し下さる気持ちになられたのですか」

と問うた。

「彦四郎船頭が残していった舟賃だ。いかになんでも五両は高い。それにおまえさん方はどうみても彦四郎さんのためを思って動いていなさるようだ。あの侍たちが悪さをする前に助けておあげなさいな、若親分」

と願った。

「彦四郎が私どもの舟の借り賃まで払ったと仰《おつしや》るので」

「川越の伊勢安に預けるのは確かなことだとこの手先さんに聞いて、わっしもほっとしたところでね。これでよかったらお使いなさい」

「お借りします」

政次も小舟の借り賃を払うと申し出たが筏師の杉造《すぎぞう》親方はどうしても受け取らなか

った。

「親方—」

と叫ぶ川並の声がして組まれていた筏が完成したことを知らせた。

「あの馬を筏に乗せて秩父まで下ろうかね」

と杉造親方が言い出した。

「秩父河岸まで流して明日には筏を組み直して江戸に運び込むんだ。その帰りに川越に立ち寄ろうと今思い付いた」

「ならば私たちの引いてきた馬も筏に乗せて下され」

と政次が願って、

「若親分、おれが馬を筏に乗せる手伝いをする。若親分にはこっちの小舟を願おうか」

と亮吉との間で話が纏《まと》まった。

五頭の馬を筏三つに分乗させるために亮吉は川並を手伝い、動き回った。

夏の夕暮れが秩父に迫っていた。

「馬が乗っているんだ、筏を静かに下らせろよ」

と筏師の杉造親方の合図で川並たちが一斉に筏を流れに乗せた。そして、最後に政次が棹《さお》を差す小舟がゆっくりと流れの中央に出た。

二

彦四郎は時折、昔の夢を見た。一人だけの秘密の夢だ。

妹のように可愛《かわい》がっていた秋乃との再会は唐突にやってきた。

あの夕暮れ、昌平《しょうへい》橋の土手で名乗られた瞬間、昔の夢の続きを再び見ることになった。それは幼い日々より何百倍も甘美で何千倍も官能的な、何万倍も耽溺《たんでき》した時間だった。

「おかめでぶす」

の秋乃がこれほどの美形に、しなやかな体付きの女に成長していようとは……彦四郎は信じられない想《おも》いだった。

秋乃と名が同じ別人ではないか、と彦四郎は再会の直後には何度も思った。だが、日が経《た》てば経つほど幼い日の秋乃の面影が蘇ってきて、

「やはり秋乃だ」

と確かな思いを感じた。

夜を重ねる度に幼い秋乃の記憶が薄れていく。そして夜な夜な繰り返されるめくる

めく官能の瞬間に見せる秋乃の顔と姿態が彦四郎の脳裏を大きく占めるようになっていった。

彦四郎は天職と思った綱定《つなさだ》の仕事も、鎌倉河岸の日々も、そして幼馴染みの政次や亮吉のことも忘れて秋乃と過ごす時間が大事に思えてきた。そして、その片隅でこの欲望の時が、

「夢幻」

であることを承知していたし、いつかは終わることも分かっていた。そして、その瞬間、命さえ失うことになるのではないかと獏然と承知していた。そうと知りながら、彦四郎は秋乃と過ごす濃密な時間に耽溺し、夜を待ち望んでいた。

秋乃が不意に言い出したのは再会して何日後のことか。

「彦兄さん、旅に出ない」

「旅？」

死出の旅か、その時がやってきたかと彦四郎は気だるく考えていた。

妻恋坂の妾宅《しょうたく》の夜半の刻、秋乃と飽きることなく繰り返してきた耽溺の時をこの夜も何度繰り返したか。

彦四郎は秋乃のぬめりと冷たく、だが、内には熱く燃える紅蓮《ぐれん》の炎を秘めた細身を

抱くたびに刻一刻と秋乃の父親が辿った破滅の時に近付いていくことを感じていた。

秋乃の紺地の浴衣《ゆかた》の襟《えり》も裾《すそ》も乱れて、かたちのよい乳房が彦四郎の顔の前にあった。

そして、ひんやりとした足が彦四郎の下腹部に乗っていた。

「どこへ」

「親父《おやじ》様の遺髪を秩父の寺に納めに行きたいの」

「親父様は十数年前に亡くなったのではなかったか」

「言ったでしょ、心中よ。弔いなんてだれも考えてくれなかったわ。それでも長屋のだれかが、秋乃ちゃん、父ちゃんの髪だ、持っておきなと私の手に握らせてくれたのよ」

「今まで持っていたか」

「一人では秩父なんてところ行けないわ。それにそんな余裕もなかった」

「おれと会って考えたか」

「兄さんはお父っつあんを知っているし、それに」

と言いかけた秋乃が不意に口を噤《つぐ》んだ。

(やはり親父様と同じように死の準備か)

と彦四郎は思った。

「うちがいつも見張られているのに気付いた？」

秋乃の話は突然変わった。

「だれが見張っているんだ」

「家中の人と思うな」

「古村《こむら》五郎次《ごろうじ》様は藩から見張られるようなことをしでかしたか」

彦四郎は口先で問い返していた。秋乃の体以外、なにもかにもが煩《わずら》わしかった。

「旦那に、聞いたことがあるわ。私を囲うお金をどうしたのって」

「なんと答えた」

「藩の金子《きんす》を流用して金銀相場に手を出したんですって」

「よくある話だ。大きな穴を空けたか」

「反対よ、大金を儲《もう》けたんですって。藩の金子は元の金蔵に戻したそうだから一文の損もかけてない」

「盗人《ぬすつと》にも三分の理屈だ。損を与えていないならなぜ見張られる」

「藩では古村様が得た大金を家中に取り戻したいのよ」

「どっちもどっちだぜ。秋乃、見張られているだけか」

秋乃の体が彦四郎の胸の上に圧《の》し掛かってきて、顔が間近から睨《にら》んだ。

「三か月も前、旦那が突然国許《くにもと》に呼び返されたわ。その命《めい》が下ったとき、古村様が中屋敷の用人に火急の用事があるわけでもなし、大坂時代に儲けた金子をそれがしから奪い取ろうなんて無駄なことだと嘯《うそぶ》かれたことがあった。私がね、まだお金が残っているのと聞くと、金子がなければそなたを囲うことなどできぬと答えたけど」

「譜代大名家も生ぬるいな、家来の一人も始末できないのか」

「大名家も長いことのんびりした時代が続くとこんなものよ。他人のやったことには無関心、なにが起こってもだれも責任は取ろうとはしない。大目付の連中、上から命じられたから嫌々見張りを続けているんだって」

「旦那は国許に呼ばれて調べられたのだな」

「と思うけど。藩はわしを切腹にもできぬし、藩から放り出すこともできぬと平然として国許に出向かれたわ」

「なぜ古村様は平然としておられるのだ」

「藩の秘密を承知なんじゃない」

「藩も迂闊《うかつ》に古村五郎次様にも妾《めかけ》のそなたにも手が出せぬのか」

「と思うけど」

「主がいなくなった妾宅をただ見張っているってのも変だぜ」

「何か月も続くとさすがに煩わしくなったわ。それでね、お父っつあんがおれになにかあったら、秩父の少林寺に葬ってくれと言っていたことを思い出したの。彦兄さん、いかない」

「秩父か、山ん中だぜ」

「行ったことあるの」

「御城端の鎌倉河岸育ちだ、あるものか。秩父霊場巡りに出かけた客の話をふと思い出したんだ」

「霊場巡りって」

「お遍路さんだ。その少林寺だって札所かもしれないぜ」

秋乃に説明しながら彦四郎の脳裏に白衣《びゃくえ》を着て菅笠《すげがさ》をかぶり、杖《つえ》をついて般若心経《はんにゃしんぎょう》を唱えながら、野路の道をいく遍路の姿が浮かんだ。

「秋乃と遍路旅か、それもいいな」

「遺髪を納めたらお遍路さんの真似ごとをしてもいいわ」

「よし、いつ出る」

「明日の朝ってのはどう」

いきなりの秋乃の誘いに彦四郎は頷いていた。

慌ただしくも江戸を離れた彦四郎が秋乃との旅で尾行者に気付いたのは、多摩川上流の羽村《はむら》あたりか。秋乃の肉刺《まめ》もかたまり、自分の足で歩けるようになっていた。

「秋乃、おれたち、だれかに尾《つ》けられているぜ」

「まさか金座裏の幼馴染み？」

「それはあるまい」

「福山藩の連中かな、意外と早かったわね」

秋乃は平然としたものだ。彦四郎らは用心して江戸を離れたつもりだが、二人の行動は福山藩大目付にお見通しだったということになる。

「秋乃、古村五郎次様が藩金を流用して得たという金子の残金、そなたが持っているのか」

「彦兄さん、どう思う」

「分からないから聞いている」

「船頭なら大名家の用人が海千山千なことくらい承知でしょ。そこまで妾に心を許すと思う。それに旦那が持っている金子は千両ではきかないと思うわ。私の懐《ふところ》にあるのは旦那の給金を貯《た》めた四十両ほどよ」

「千両か、そんなもの持って旅なんぞできっこねえ」

「あの連中、まさか私を斬《き》るってことはないわよね」

「阿部様は老中を務めた家柄だぜ、そんな無茶はすまい」

青梅《おうめ》宿では多摩川の流れの淵《ふち》の旅亭澤水《さわみず》に泊まり、峠越えに備えて馬を雇った。そのせいで名栗村に一泊して次の日には秩父に到着していた。

秋乃と彦四郎はその足で十五番札所の少林寺を訪ねた。応対した和尚《おしょう》の百願《ひゃくがん》は、秋乃が左官の正三郎《しょうざぶろう》の遺児と名乗ると、秋乃の顔をとっくりと見て、

「たしかに正三郎さんに生き写しかな」

と嘆息すると直《す》ぐに二人を本堂に招き、正三郎の法会《ほうえ》を取り行ってくれた。その上で秋乃に、

「遺髪を娘の手で墓に葬りなされ」

「えっ、こちらに墓もございますので」

「そなたの爺《じい》様は正三郎さんの親父様だけあって名人気質《かたぎ》の壁塗り職人でな、この仁《じん》助《すけ》さんが正三郎はろくな死に方はすまい。どこで斃《たお》れてもいいようにこちらに墓を用意しておきたいと申されてな、今から二十年も前に造られたのじゃ。そのことを正三郎さんは親父様から文ででも知らされていたじゃろう、それを娘に言い残したのじゃ

な」

　と墓が少林寺に設けられた経緯を語った。

　翌日、秩父で馬を雇った秋乃と彦四郎は、一段と険しくも狭い武州街道を秋乃の先祖の故郷という信濃《しなの》国佐久郡臼田《うすだ》村へと向かった。

　この日、秋乃は武州街道の南を流れる荒川を見下ろして、

「兄さん、荒川って隅田川に流れ込む川なの」

「おうさ、武州と甲州境から流れ出て関東平野を大きくうねりながら、川越外れから戸田、そして、千住《せんじゅ》宿、ついには隅田川、大川と名を変えて江戸湾に流れ込む」

「流れを下れば江戸か」

「江戸が恋しくなったか、秋乃」

「ちょっぴりね」

「帰るか」

「信濃の国なんて行ったところで私の知り合いがいるわけではなし」

「血がつながった人はいる筈《はず》だぜ。親父の正三郎さんは臼田村の生まれだ」

　しばらく考え込んでいた秋乃が、

「馬子《まご》さん、ちょいと相談が」

と鞍上から言い出した。

その夜、小鹿野村を過ぎた赤谷《あかや》で馬子の園八《そのはち》の知り合いの家に泊まった。

翌朝、園八だけが武州街道を志賀坂峠へと進み、秋乃と彦四郎が街道を通過したように噂話《うわさ》を撒《ま》き散らそうとした。だが、街道をいくのは遍路であり、住人は少なく、その効果があったとは言い難かった。それは二人が知る由《よし》もないことだ。

園八と別れて徒歩になった秋乃と彦四郎は小鹿野の辻まで引き返し、荒川と並行する秩父往還へと下った。

秋乃が再び肉刺を拵《こしら》えたこともあって荒川の岸辺に到着したのはその日の夕暮れ前のことだった。

河原では親方筏師と川並たちが材木を筏に組んでいた。

「親方、船を借り受けたいのだが、どこぞ、船を貸してくれるところを知らないか」

と彦四郎が言うと、

「兄さん、ここは材木場だ、仕事に使う船はあっても貸す船はねえな。秩父に行きなせえ」

と素っ気なく言った。

彦四郎がさらに願おうとするのを秋乃が袖《そで》を引き、

「彦兄さん、行こう」

と河原から秩父往還に戻ろうとした。

「秋乃、秩父には秋乃を追ってくる連中がそろそろ姿を見せる頃だ、鉢合わせすると厄介だ」

「だから、考えがあるの」

秋乃は河原に下りる杉林にあった小屋を差して、

「様子を見ましょう」

と誘った。

川魚を採るときに使われる小屋だった。斜面に建てられた板張りの床に竹筒や蓆《むしろ》が仕舞われてあった。雨戸を押しあけて秋乃が河原の材木場を見た。

「あそこは駄目だ、断られたじゃないか」

「数日、借りるだけよ。その代わりたっぷりと借り賃は払うわ」

「無断で借りうけるなんて駄目だ、秋乃」

ぷーん
と秋乃がそっぽを向いた。

「怒ったか」

幼い折、不機嫌なことがあると見せた仕種《しぐさ》だ。

「もはや三つ四つの秋乃ではないんだ。世間にはちゃんとした決めごとがある。やっていいことと悪いことがあるんだ」

「相変わらず融通が利かないのね」

「ああ、それが彦四郎だ」

ばたん
と雨戸を下ろした秋乃が蓆に腰を落としてふて寝した。

「秋乃、江戸に戻ってなにをする気だ。あの妻恋坂の家に戻る気か。古村五郎次様のこともある、いつまでも福山藩があの家を見逃してくれる筈もないぜ」

「余計なお世話よ」

「そうだ、秋乃にはこれまでも余計なお節介ばかりしてきた、そなたのためになると思ってな」

がばっ
と秋乃が蓆の上に身を起こした。

雨戸の隙間《すきま》から夕暮れの光が差し込み、その光が顔にあたって秋乃の目がぎらぎらと光った。

「秋乃が兄さんに頼んだことがあって」

「そりゃ、ない。すべてそなたにとっていいことだと思ったからおれがやったことだ」

彦四郎の舌鋒《ぜっぽう》が弱々しくなった。

「そう、いつも兄さんは秋乃のためと思って余計なことばかりをしてくれた」

「嫌だったのか」

「嫌だったら一緒に旅なんてする?」

秋乃が彦四郎の手を摑《つか》んだ。

「こっちにきて」

「駄目だ、秋乃」

「駄目なんかじゃないわ」

手が引き寄せられ、彦四郎の体が秋乃の傍らに崩れ落ちた。

顔と顔が間近で見合った。

「兄さん」

「あ、秋乃」

「どうにもならないわ」

「なにが」

「兄さんとの仲よ。残る道はお父っつあんと同じ道」

「心中、か」

「私は見たのよ」

「なにを」

「梁《はり》からぶら下がったお父っつあんの一物が大きく固まって見えた」

「言うな！」

秋乃が彦四郎の唇に自らの唇を覆い被《かぶ》せて、舌を入れてきた。

「うっ、あ、秋乃。やめてくれ」

秋乃のしなやかな体が彦四郎の大きな体にのしかかった。片手が彦四郎のからげた単衣《ひとえ》の裾を割り、彦四郎のものを触った。

「止《や》めてくれ、秋乃」

「どうして」

彦四郎が秋乃を体の上から振り解《ほど》こうとして却《かえ》って二人の体は密着した。

「兄さん、抱いて」

「無理を言うな」

「必ず兄さんは秋乃の願いを聞いてくれるわ」

秋乃の手の中で彦四郎のものがむくむくと大きくなり、彦四郎の顔の前に秋乃がいつはだけたか、乳房が見えた。

「抱いて、彦兄さん。いつものように抱くのよ」

彦四郎の想念に正三郎が一物を屹立《きつりつ》させて首を括った光景が浮かび、

「やめてくれ」

と叫んだ彦四郎は秋乃の体を両腕で抱きしめて唇に乳房を咥《くわ》えていた。


深夜、荒川の流れに月が映じていた。

材木場には組みかけの筏と作業船があった。

河原の小屋に五両と文を残した。苦労して月明かりで書いた詫び文と断り状だった。

「秋乃、船に乗ったらおれの言うことを聞いてもらう。分かったな」

「いいけど」

「船は川越の新河岸、船宿の伊勢安に預ける」

「分かったわ」

「乗れ、秋乃」

新造の作業船に秋乃を乗せた彦四郎は舫《もや》い綱を解くと流れに向かって船を押し出した。棹を使い、流れの真ん中に出すと棹を櫓《ろ》に替えた。

ぐいっ

と水中を櫓でひと掻《か》きしたとき、彦四郎は夢の旅路から覚醒《かくせい》していくのが分かった。

（夢は覚めた）

おれは船頭だ。こればかりはだれにも冒すことのできない事実だ。そのことを彦四郎は自らの胸の中に仕舞い込んだ。

三

その夜、政次と亮吉は筏師の杉造親方の家に泊めてもらい、翌朝、白み始めた刻限、荒川に借り受けた小舟を押し出した。

水面《みなも》から靄《もや》がもくもくと湧《わ》き上がり、かろうじて荒川の両岸が見分けられる程度だった。

舳先《へさき》に立って亮吉が靄に隠れた岩場などに目を凝らしながら、櫓を操る政次に話しかけた。

「親方の親切を素直に受けてよかったよ。おれ、風呂を貰《もら》ってよ、夕餉《ゆうげ》の膳の前に着いたところまでは覚えているがよ、あとは飯を食べたんだか酒を頂戴《ちょうだい》したんだか、若親分にゆり起こされるまで白河夜船でぐっすりよ、お陰で生き返ったぜ」

亮吉の言葉に苦笑いした政次が、

「亮吉、夕餉も酒もいつもどおりにたっぷりと食べて飲んだあと、ごろりとその場に眠り込んだんだ。寝床まで運ぶのに苦労したよ」

と言った。

「そんな手間をかけたか。なんたっておれたちこの数日まともに体を休めてねえし、食うもんも食ってねえもんな」

と平然と応じた亮吉が、

「おりゃ、そのおかげで元気を取り戻した。一気に江戸まで荒川を下ったっていいぜ。もっとも相手が相手だ。何日も前に秩父を通過した筈の彦四郎と秋乃だ。とっくの昔に江戸に到着していようがね」

「意外と未《ま》だこの界隈《かいわい》にいるかもしれないよ」

思わぬ政次の答えに亮吉が後ろを振り返った。

「折角《せっかく》福山藩の大目付に大坂屋敷の面々を出し抜き、おまけにおれたちまで置いてきぼりにして何日もの余裕ができた二人だぜ。江戸に戻るなら戻るで一気に下るんじゃないかね」

「亮吉、なぜ彦四郎は船の返し場所を川越の船宿伊勢安に指定したんだ。どうせ江戸まで行くのなら江戸で返すがいいじゃないか。五両も大金を借り賃に残しておいて不思議と思わないか」

「そうだな、旅慣れない秋乃のことを思うと中途半端だな」

「私はね、昨日からずっと彦四郎のことを考え続けてきた」

「若親分、そりゃおれだって同じだ」

「どんなことを考えたな、亮吉」

「だからよ、彦四郎はほんとうに秋乃にべた惚《ぼ》れでよ、魂まで吸い取られているかどうかってことだ。おれはよ、なんだか彦四郎が秋乃に利用されているようでよ、仕方がないんだ」

　政次が頷いた。

　朝靄の下の流れが音を立て始めた。小滝の瀬に小舟は差しかかっていた。すでに小舟は長瀞に入っていたのだ。

「亮吉、前をよく見てくれ」

「合点だ」

西側から岩壁が張り出したために荒川の流れが急になり、東側の岸辺は水底が浅いとみえて瀬音を立てていた。危険な数丁を小舟は乗り切った。

「私はね、彦四郎の幼い時のことを思い出していたんだ。むじな長屋の私たちとさ、他所《よそ》の長屋の子供たちとよく隠れんぼをしたっけ」

「したした」

「彦四郎は鬼に見つからないようにいつも同じ手を繰り返したことを覚えてないか」

「あいつはさ、必ず最後の最後までじいっと我慢してさ、同じ場所に大きな体をぴくりともさせないで隠れているんだ。じたばたしたおれたちが見つかった後もただひたすら鬼が焦《じ》れるのを持って、おれたちを助け出してくれなかったか」

「彦四郎は辛抱強いからね」

「そういうことだ。なんでそんなこと言い出したね、若親分」

「あいつが私たちの行動をどこから見ているようでね」

「おれたちは鬼か。なんのためにそんなことをするんだ」

「それが分からないんだ。今度ばかりは頭が働かないよ」

「相手は悪人じゃねえものな。おれたちの幼馴染みだもの、互いに手の内は分かりあっているからね」

「私にはね、彦四郎がどこかに隠れて鬼の動きを見守っているような気がしてならないんだ」

「若親分、本気でそんなことを考えてんのか。おりゃ、違うと思うな。此度ばかりは彦四郎め、江戸に戻ってよ、次の手を考えているよ」

「そうかねえ」

「そうともよ」

荒川は開けた河原に出て、ゆっくりとなった。そのせいもあって朝靄が消えていった。

河原に朝の光が差し込んできた。

再び両岸が狭《せば》まり、長瀞渓谷の岩場が屹立《きつりつ》して小舟を迎えた。

小舟は右手から突き出した河原に遮られて狭まった瀬に入って舟足を上げた。

「おお、なんて景色だ」

「亮吉、これが江戸でも知られた長瀞だよ。長い時間をかけて水が岩を板状に削ってこのように奇岩怪岩を作り出したのだ」

「見事なものだぜ」

と亮吉が見上げるのは左手が岩畳、右手が秩父赤壁《せきへき》と呼ばれる景勝地だった。

政次が櫓を操りながら秩父赤壁を眺めていると、

「若親分、ただ今お着きか」

と声が岩場の上からかかった。

備後福山藩江戸屋敷大目付支配下の日高助左衛門とその配下の者たちだ。

「日高様、すっかりと騙《だま》されましたよ」

と政次が笑いかけた。

「どこで気付かれたな」

「志賀坂峠下から引き返してきました」

「武州街道の険しい山道の往復十数里、大変でしたな」

と日高は平然としたものだ。

政次は小舟を秩父赤壁に寄せて、亮吉が舫い綱を尖《とが》った岩場に結んだ。

「若親分、あいつ、平然としてやがるぜ」

「大目付は大名屋敷の探索方だ、腹芸も得意の一つさ」

政次と亮吉は岩場の割れ目を伝って赤壁の上に出た。すると日高らが政次らを出迎え、政次を配下の者たちから離れた場所に引っ張っていった。

「若親分、お別れだ」

「どうなされました」

「秋乃とそなたらの幼馴染みの船頭は、二日も前に長瀞を通過しておる。もはや船で追っても追いつけぬ。それに江戸屋敷から急ぎ戻れと、あのように使者も参ったでな。われら、急ぎ陸路で江戸に戻る」

　と一行の中の旅仕度の藩士を振り見た。

「秋乃は正倫様直筆の一札を所持しておるのではございませんので」

「古村五郎次が秋乃がとった行動をわれらの仲間から聞かされて、われらを秩父に引き寄せる陽動策であろうと言ったというのだ。大事な秘密、妾風情に託せるものかとも供述したそうな」

「福山藩では彦四郎が秋乃と一緒に行動をとっておることを古村五郎次様に伝えられましたので」

「致し方あるまい。古村は、秋乃の正体をだれも知らぬ。幼い時、兄妹のように育った仲であれ、手玉にとるなどお茶の子さいさいとほざいたそうな」

　政次は愕然《がくぜん》と日高の言葉を聞いた。

「若親分、われらは江戸に急ぎ戻る」

　と日高が言い、

「そなたら、どうするな」

と聞いた。

しばし考えた政次は、

「私ども、あの小舟を川越城下新河岸の船宿伊勢安に預けると持ち主と約束致しました。舟行でのんびりと彦四郎の後を追っていきます」

「それも手だな」

と応じた日高が、

「さらばじゃ、若親分」

と別れの言葉をかけ、

「お気をつけて」

と政次が返礼した。

「亮吉、舟に戻ろうか」

政次は秩父赤壁の頂きから福山藩阿部家の大目付一行が消えていくのを見送り、

「亮吉、日高様方に見つからぬように、ほんとうに江戸に向かわれるかどうか調べてくれ」

と命じた。

「なに、日高様方は江戸屋敷に戻らないというのか」

「今になって突然おかしいと思わぬか」

「思うさ。一度は騙されても二度は騙されないぜ」

「亮吉、秩父には有名な宝登山《ほどさん》神社があるそうな。その参拝口に近い船着場に小舟を止めておく」

「合点だ」

と独楽鼠《こまねずみ》の亮吉が日高ら一行の後を追って赤壁の楯《たて》に身を隠しながらぴょんぴょんと飛んで追跡行に移った。

政次は小舟に戻りながら、幼き日の彦四郎が鬼を焦らして動かす辛抱強さを考えていた。

長瀞の宝登山神社の創建は古く、第十二代景行《けいこう》天皇の御代といわれ、祭神は神日本《かんやまと》磐余彦尊《いわれひこのみこと》、大山祇神《おおやまづみのかみ》、火産霊神《ほむすびのかみ》である。

秩父一円はもとより遠く江戸からも参拝の人々を集めてよく知られた神社であった。

政次は初めての長瀞だったがすぐに参道近くの船着場を見付けることができた。船着場には何艘《そう》もの川船が舫われていたが、どれもが参拝客が借り受けた船のように見えた。

政次は船着場の端に小舟を止めた。

あとは亮吉が姿を見せるのを待つだけだが、空《むな》しくも時だけが流れていった。昼の刻限が過ぎ、さらに陽《ひ》が神社のいわれの宝登山の方角へと傾き、船着場の船の大半が姿を消した。

(難儀をしているようだな)

と政次が思ったとき、船着場の上に亮吉が姿を見せた。きょろきょろしていたが、
と呼びかける政次の声に軽やかな身のこなしで船着場に飛び降りてきた。

「亮吉、ご苦労だったね」

「若親分、日高様ってなかなかのタマだぜ。なにが江戸に戻るだ、あれからよ、荒川の下流に下ったところにある法善寺って寺に向かい、奥座敷に待ち受けていた仲間と会ったようだが、警戒が厳しくて近付くこともできねえや。なんとか相手がだれか見極めようとしたんだが、大坂屋敷の面々をどうやら気にしているらしく、このむじな亭亮吉様のすばしこさも長瀞じゃあ、役に立たねえぜ。

それでもよ、警護の若侍が交わす言葉が途切れ途切れに風に乗ってよ、耳に入った。今夜半九つ(午前零時)、宝登山神社の本殿前で何事か行われるらしいぜ。そいつを

若親分に知らせようと川を渡ってきたんだ」

「いや、難渋したね。江戸のむじな長屋育ちは公方様《くぼう》のお膝元《ひざもと》を離れるとなんともだらしないね」

と政次も苦笑いした。

「若親分、おれ、もう一度法善寺に戻ろうか」

「いや、日高様方があちらから宝登山神社にお見えになるんだ。私どもはこちらでお迎え致すとしよう」

「そりゃいいけど」

「九つまでにはだいぶ時がある。参拝客目当ての宿房か旅籠《はたご》に願って、腹を作って少し体を休めようじゃないか」

「そんなのんびりとしたことでいいのかい。彦四郎と秋乃はもうこの界隈にいないんだぜ」

「此度のことは御用であって御用じゃない。備後福山藩家中の揉《も》め事は先方まかせだ、高見の見物をさせてもらおうじゃないか」

と政次は胸の中でなにか公算が立ったか、小舟から亮吉の立っている船着場に上がってきた。

宝登山神社の参道には講中を泊める宿が何軒かあった。すでに夕暮れの刻限、参拝客やお遍路たちはとっくに宿に入り、部屋は一杯の様子だった。

政次と亮吉の二人はなんとか一軒の宿に願って一つだけ部屋を得た。一階の蒲団《ふとん》部屋だが致し方ない。

二人は朝から飲まず食わずだ。腹も減っていたがまず湯に浸《つ》かることにした。

暗い明かりの下、それでも湯に浸かると、二人はさっぱりと生き返る思いがした。

「彦四郎の野郎、江戸に帰らないまでも川越辺りでのうのうとよ、秋乃とほんとうに駆け落ちの相談でもしているんじゃないか」

「私はそうは思えないね」

「じゃあ、若親分は一体全体彦四郎の野郎がどこにいるというんだね」

「此度の一件だが、福山藩阿部家の揉め事と彦四郎の行動は別物だ」

「そうとばかり言い切れめえ。間に秋乃が挟まってやがるんだからな」

「いかにもさようだ」

「はっきりしていることがある。彦四郎と秋乃が筏師の杉造親方の仕事船を五両もの大金を置いて無断で借り受け、秩父を何日も前に離れたってことだ。おれっちは、彦四郎のあとを追うのが本筋と思うがね」

「いや、大目付の日高様が長瀞に神輿《みこし》を据えていなさるってことは大坂屋敷の面々もこの界隈に潜んでいるということだろう。となると秋乃も彦四郎も」

「いるって言うのか」

「おかしいか、亮吉」

「秋乃は阿部家中の手から逃げているんだぜ。なぜ長瀞にのんびりと足を止めていなければならない」

「そこなんだ。私はね、此度の騒ぎの主役は秋乃ではないかと思えてきたんだ」

「そいつは間違いないことさ。なにしろ彦四郎のことがあったとはいえ、若親分とこの亮吉様を秩父くんだりまで引っ張りこんでよ、武州街道だ、荒川だって引き回してくれたんだからな」

「私が言うのはそればかりではない。日高様方も大坂屋敷の面々も秋乃に引っ張り回されているんじゃないかとね、思えてきたんだ」

「なんだって、するてえと、今晩宝登山神社の本殿の場には役者が揃《そろ》い踏みするっていうのか」

「亮吉の話を聞いてそんな気がしてきたんだよ」

「そんなこと、ありかね」

亮吉は政次の推量に合点がいかない風で、

「ともかくさ、九つになれば分かることとさ。それより湯だってきたぜ、湯を上がってさ、一杯きゅっと引っ掛けて少しばかり体を休めねえか」

「それが利口のようだね」

と二人は湯船から上がった。


荒川の筏師の持ち船を無断で借り受けて、秩父を一気に通過した。だが、長瀞の渓谷に入ると、

「彦兄さん、船を流れから見えないところに隠しておく場所はないかしら」

と秋乃が唐突に言い出した。

「そりゃ、なくもなかろう」

彦四郎は岩畳の北外れに岩と岩の間にようやく船が入り込む割れ目を見付けて入れた。流れから見えないばかりか、老紅葉《もみじ》の枝が割れ目に差しかけ、岩場からも船を隠してくれた。

彦四郎と秋乃はこの岩場の間で数日の時を過ごした。退屈すればお互いが手を差し伸べて愛欲の時に没入した。

そんな秋乃が半日以上も前から黙りこくったままだ。彦四郎は夏の旅の疲れのせいと考えた。だが、よく観察していると秋乃はなにかを待ち受けて黙り込んでいるような気がしてきた。

「秋乃、何を待っているんだ」

「なにも待ってなんかないわ」

秋乃の返事はどこか虚《うつ》ろに響いた。

「わざわざ船を五両もの大金を払って無断で借り受けたんだ。約束どおりに川越に行くがいいじゃないか。こんなところに足止めしてなきゃあ、とっくに川越に着いているぜ」

「彦兄さん、川越には必ず行くわ。だけどここでもう一つ用事を済ませなきゃあ」

「おれはなにも聞いてないぞ、秋乃。おれに一体いくつ隠しごとをしているんだ」

「兄さんは知らないほうが幸せよ」

「なんだって」

「兄さんは鎌倉河岸界隈でなきゃあ、生きていけないってことが分かったわ」

「なにを今更そんなことを……」

秋乃の手が彦四郎の襟元に伸びた。

「止めてくんな、もうたくさんだ」

「兄さん、秋乃が尽くす最後のことよ」

「どういうことだ」

「これが済んだら教えて上げる」

秋乃の手が彦四郎の下腹部に伸びた。

「やめな」

と言いながら彦四郎は秋乃への欲望に抗《あらが》うも体が反応するのを意識しながら、この十数日、なんど同じことを繰り返してきたのだろうと考えていた。

四

政次と亮吉が宝登山神社の本殿を望む神楽殿《かぐらでん》の暗がりに到着したのは夜九つ前のことだった。

神社の真上には欠け始めた十九夜の月があって、黒い雲が月を隠したり、覗《のぞ》かせたりしていた。そのせいで宝登山神社にはうっすらとした月明かりが落ちていた。

すでに本殿前に備後福山藩江戸屋敷の大目付支配下日高助左衛門の一行十数人がいた。日高一人だけが床几《しょうぎ》に腰を下ろして微動もしなかった。

一方の大坂屋敷勘定方の藤岡忠左衛門《ちゅうざえもん》らの姿は見えなかった。

「さてな、彦四郎がほんとうにこの境内に潜んでいるかどうか。若親分の辻占《つじうら》、当たるも八卦《はっけ》当たらぬも八卦だ」

亮吉がいい、政次は境内を見回した。

本殿は南の荒川の流れに向かって建てられ、本殿の右手脇には御神木が黒々とした影を天に伸ばし、その傍らは神札所があった。反対の左手には本殿側から招魂社の祠《ほこら》、水神社、神楽殿と並んでいた。

奥宮は本殿の北西の森にあったが、政次らには窺《うかが》い知れなかった。見えないといえば本殿の真うしろにみそぎの泉が滾々《こんこん》と湧き出し、流れになって本殿の北から東に大きく回り込んで池を造り、さらに神札所の南に流れて二の鳥居、と本殿境内を分かつように本殿正面に流れて、その流れの上に石造りの太鼓橋が架かっていた。さらに流れは神楽殿を横目に宝登山の斜面を流れおちて荒川へと合流した。

みそぎの泉の豊かな水量が宝登山神社を、

「島」

のように見せていた。

どこで鳴らされるか、時鐘が夜半九つを告げた。

だが、なんの変化も起こる風には見えなかった。

政次も亮吉も商い柄気配を消しての見張りには馴れていた。黙したまま、その時がくるのを待った。

九つの時鐘が打たれて半刻（一時間）が過ぎた。

本殿前の日高助左衛門らも辺りに気を配りながら不動の待機姿勢を崩さなかった。

だが、政次らが潜む神楽殿の奥、水神社の建物の影が、
ゆらり
と揺れて三つの影が姿を見せた。

備後福山藩大坂屋敷の勘定方藤岡忠左衛門と、福山藩の内所立て直しを藩主正倫から直に願われた商人の五軒家が雇った二人の武芸者だろう。

「蚊に釣り出されたか」

と亮吉が呟《つぶや》いた。

その時、政次は本殿の右手に聳《そび》える御神木の杉の大木を見ていた。樹齢何百年も経て、幹廻りは大人四人が両手を差し延ばして届くかどうか。

すっくと聳える御神木の根元から三丈（約九メートル）余りの枝は切り払われて、それがいよいよ御神木を荘厳に夜空に聳えさせていた。

本殿前の床几に腰を下ろして微動もしなかった日高助左衛門が突然立ち上がり、御神木を見上げた。

茂った枝を見上げる日高の体が驚きの表情を見せて、何事かを枝の上に確かめた。そして、配下の者たちに命じた。だが、遠く神楽殿の闇に潜む政次の耳には日高の声も聞こえず、御神木の枝に潜む者の気配も窺えなかった。

異変を察した水神社に潜んでいた藤岡らが本殿前へと姿を見せた。すると日高の配下の者が気付き、用意していた弓に矢を番《つが》えて動きを牽制《けんせい》した。

「どうするね、若親分」

「こいつは福山藩阿部家の騒ぎだ。うちが関わってはならないよ」

政次の返答は明白だった。

本殿の扉がぎいっと開かれて後ろ手に縛《いまし》められた男が日高の配下に縄目を取られてよろよろと姿を見せた。大小はないが明らかに武家だと知れた。

「ほう」

と政次が感嘆を洩らし、

「まさか古村五郎次じゃあるまいな」

「亮吉、間違いない。秋乃は阿部正倫様の直筆の一札と古村の身柄を交換する気だよ」

「一体全体どういうことだ」

藤岡らもざわついて、

「おのれ、古村五郎次！」

と叫んでいた。

「藤岡様、この一件、江戸屋敷大目付が取り仕切る。さよう心得られよ。もし介入なさるとあらば刀にかけても阻んでみせる！」

日高の声が凛《りん》と宝登山神社の夜に響いた。

藤岡ら三人が地団駄を踏む気配があったが弓に動きを阻止されていた。

御神木の枝上から細紐がゆっくりと降りてきた。その紐の先には油紙で包まれた書付のようなものが括られていた。

「真の正倫様御一札であろうな」

日高の問いに書付が揺れて肯定した。そして、御神木の枝から何事か新たな命が下ったか、日高が迷うことなく古村の縄目を握る配下に命じた。すると配下は古村五郎次を先に立て参道から石造りの太鼓橋へと進み始めた。

「なにをするのだ、日高どの」

と藤岡が苛立《いらだ》ちの言葉を発したが日高は動ずることはなかった。

弓矢に牽制されていることを忘れて藤岡が古村に向かって駆けだした。

弦音が響いて矢が藤岡の太腿《ふともも》に突き刺さり、玉砂利の上に転がった。

「おのれ！」

藤岡の用心棒の武芸者二人が藤岡の下に走り、藤岡が、

「古村五郎次を確保せよ！」

と叫んでいた。

福山藩の江戸屋敷大目付と大坂商人の五軒家に雇われた武芸者が刀を抜き合い、対《たい》峙《じ》した。

それを一瞥《いちべつ》した古村五郎次は平然と本殿から石の太鼓橋へゆっくりと進み、橋の前で歩みを一旦止めた。

「驚いたぜ、古村五郎次が江戸から連れて来られようとはな」

「福山藩にとって阿部正倫様が五軒家の商人に宛てた書付がそれほど恐ろしい意味を持っているということさ。こいつが公けにでもされれば阿部正倫様の老中返り咲きなどない。幕閣は上を下への大騒ぎになって福山藩はお取り潰しの憂き目に遭いかねないからね」

対決を他所に宙に揺れる油紙の包みが再び下ろされ始めた。

古村五郎次が縄目を握る日高の配下を振り返り、無言で命じた。その者が日高を振り見て、日高が大きく顎《あご》を振ったのを確かめると脇差《わきざし》を抜いて縛めの縄を切り解いた。

自由の身になった古村五郎次が手首をもう一方の手で揉《も》んだ。

細身の体で、政次らが想像していたより若々しく見えた。

「日高氏、藤岡氏、御役目ご苦労に存ずる」

宝登山神社に響く声は甲高《かんだか》く、意外と力強かった。

「この古村五郎次には大目付も大坂屋敷勘定方も手が出せぬ、さよう心得られよ」

と宣告した古村が石造りの太鼓橋へと独りで上っていった。そして、杉の枝から書付がさらにするすると下りてきたが途中で紐が解けたように、
ふわり
と本殿前に舞い上がった。

「書付を回収致せ！」

日高の配下が書付に向かって走った。

矢を突き立てられた藤岡も必死の形相《ぎょうそう》で立ち上がり、夜空を舞う書付に殺到した。

政次はどこからともなく流れに棹を差す音を聞いて、本殿前の騒ぎをよそに神楽殿

の南側へと走った。すると月明かりに小舟がみそぎの泉から石造りの太鼓橋へと下ってきた。精々一間余の小舟を漕いでいるのは細身の女だった。

「彦四郎か」

事情を察した亮吉が政次に聞いた。

「いや、違う。秋乃だ」

と政次が首を横に振ったとき、小舟は太鼓橋に差し掛かり、古村五郎次が意外にも身軽に欄干を飛び越えて、小舟に下り立った。揺れる小舟が太鼓橋の下へと入り込み、政次と亮吉の眼の前を、
すうっ
と流れて遠ざかっていった。

「行こう、亮吉」

「御神木に登っているのが彦四郎だな」

「そういうことだ」

「助けようぜ」

「いや、もう彦四郎は御神木から姿を消しているよ。秋乃が此度の騒ぎの絵図面を全《すべ》て描いた張本人だ、彦四郎は端役の一人だ。だが、彦四郎も長年金座裏に出入りして

きた人間だ、抜かりはあるものか」

「どうする」

「秋乃を見失わないことだ。彦四郎は必ず姿を見せる」

よし、と応じた亮吉と政次は流れを走る小舟の後を追って流れの岸を走り出した。

だが、流れの岸辺には木々が鬱蒼《うっそう》と生い茂り、二人の行く手を阻んでいた。

政次は、腰から銀のなえしを抜いて枝葉を打ち払いながら、水音を頼りに前進した。

亮吉も十手を振りかざして政次のあとを必死で追った。

流れが急になったようで瀬音が高く響いてきた。

「若親分、おれたちは宝登山神社の石段をかなり登ってきたぜ、流れの先に滝でもあるんじゃないか」

「そう考えたほうがいい」

「秋乃は舟を捨てる気か」

「どうやらそのようだな」

政次の行く手が不意に開けて流れが見えた。だが、どこにも小舟の姿はなかった。

「だいぶ先を越された」

政次と亮吉はしゃにむに流れが早くなった岸辺を走った。すると行く手に流れを塞ぐ格子堰《こうしぜき》が見えてきて、今や無人になった小舟がごつんごつんと格子の堰にぶつかって音を立てていた。格子堰の間をかい潜って水だけが荒川へと落ちていく仕組みだった。

「糞《くそ》っ、あの二人、参道を走り下っているぜ」

参道の石段は流れの反対側、政次と亮吉のいる対岸だった。二人は宝登山の杉林の斜面を駈け下るしか長瀞に辿りつく道はない。

政次はなえしを背の帯に戻した。

「亮吉、急ぐよ」

「合点だ」

二人は夢中で山の斜面を駈け下った。何度も足を滑らせて転んだが、その度に立ち上がって走った。

政次と亮吉が考えていたことは彦四郎のことだけだった。もはや備後福山藩阿部家の危機も内紛も関わりなかった。また、秋乃のことを思う余裕も考えもなかった。ただひたすらに幼馴染みの彦四郎と無事に再会を果たしたいという思いで長瀞の船着場に向かって駈け下っていた。そこには必ずや彦四郎の姿があると信じて政次も亮吉も必死に足を動かしていた。

宝登山神社の門前町の西側を下った二人は長瀞の奇岩、岩畳の一角に出ていた。

「若親分、あそこだ！」

月明かりに古村五郎次と秋乃の姿が浮かんだ。二人の立つ岩畳の一丁半（約百六十メートル）ほど下流だ。古村と秋乃はなにかを探しているように岩畳から流れを覗き込んでいた。

政次と亮吉は岩畳を飛ぶように走り出した。

（彦四郎、どこにいる）

二人は同じことを考えていた。

古村五郎次と秋乃の前の岩畳に数人の影が突然姿を見せた。

「古村五郎次、妾秋乃、大目付木田光之助様支配下である、逃しはせぬ」

と立ち塞がったのは日高助左衛門の同僚たちだ。日高は逃走経路の一つ、荒川に油断なく別動隊を潜ませていたのだ。

「秋乃、そなたが乗る船はわれらが押さえた」

秋乃が悲鳴を上げた。

政次は足を止めた。

長瀞の船着場から姿を見せた彦四郎が、

「秋乃、おれの方に逃げてこい！」

と悲痛な叫び声を上げた。

古村五郎次の手を引いた秋乃の前に大目付の一団が立ち塞がった。

「秋乃とやら、騙しおったな！」

岩畳に日高助左衛門の声が響いた。日高らは彦四郎が御神木から吊り下ろした油紙の書付が偽と知って後を追ってきたようだ。

「日高氏、真の書付はほれ秋乃が持参しておる。これを渡すで命を助けてくれ！」

古村の哀願する声が夜空に響いた。

「許せぬ、古村五郎次」

包囲の輪が段々と狭められていく。

「秋乃、逃げてこい」

彦四郎の声が響き、

「彦兄さん、もう遅いよ！」

という秋乃の叫びが呼応して、秋乃と古村五郎次が顔と顔を見合わせ、そのまま岩畳の縁へ後ずさると、
くるり

と流れに向き直り、手に手を取り合って荒川の激流へと飛んだ。

「あきの！」

彦四郎の絶叫が夜空に木魂《こだま》した。

政次と亮吉は必死で彦四郎のところへ駆けた。

彦四郎の膝ががくりと落ちて、流れを見下ろした。

「彦、馬鹿なことを考えるな！」

亮吉が叫んで、政次は足を止めた。
五、六間先の岩場で大きな体を二つに折って彦四郎が嗚咽《おえつ》していた。
亮吉が歩み寄ると、

「馬鹿野郎が、心配かけやがって」

と言いかけた。

政次も歩み寄った。

「分かっていたんだよ、こうなることが」

彦四郎が泣きじゃくりながら呟いた。

亮吉が彦四郎の肩に手を置いたのを見て、政次は振り返った。

そこには日高助左衛門が立っていた。

「二人はどうしました」

「荒れに飲み込まれた」

「正倫様の書付も古村五郎次の隠し金も闇に葬られることになりましたか」

「二人の生死が確かめられるまで行方を捜索致す。わが藩の浮沈にかかわることゆえな」

　と言った日高が、

「彦四郎の身柄、こちらに渡してくれぬか」

「日高様、私どもの手で調べ、彦四郎の知ることをお伝えするということでお願い出来ませぬか」

「これは町方が口を挟む話ではない」

「日高様、彦四郎は秋乃に誘惑されて秩父くんだりまでただ同道しただけであることは、最後に秋乃が古村五郎次と手に手をとって荒川に身を投げたことを考えても察しがつきましょう。彦四郎は大したことを知らされておりますまい。知っておれば金座裏の面子《メンツ》にかけて聞き出し、福山藩江戸屋敷にお知らせ申しますよ」

「それでは大目付の役目が果たせぬ」

「どうしてもと仰《おつしや》られますか」

「致し方あるまい」

「ならば私もお手向かい致しますよ」

背に差した銀のなえしを政次の手が触れた。

「金座裏が表に立つということは福山藩阿部家の内紛が江戸じゅうに知られるということにございます。構いませぬな」

うっ
と返答を詰まらせた日高助左衛門は刀の柄《つか》に手をかけ、岩畳の足場を固めて腰を沈めさせた。

月明かりが二人の対決を浮かび上がらせた。

睨み合いが続いた。

ふうっ
と息を吐いたのは日高だ。

五体からすうっと力が抜けていき、沈んだ腰を上げた。

「それがしの腕前で直心影流《じきしんかげ》神谷丈右衛門《かみやじょうえもん》どのの秘蔵っこと太刀《たち》撃《う》ちできるわけもなかろう。命あっての物種だ」

「有難うございます」

と政次も背のなえしの柄から手を離した。

「江戸屋敷大目付六日光之助様まで調べの筋、知らせてくれぬか」

「念には及びません、日高様」

首肯した日高がくるりと踵《きびす》を返して岩畳の縁に歩いていった。すると流れの方角から、

「二人の亡骸《なきがら》を見付けたぞ！」

という叫びが響き渡り、日高の姿が岩畳から消えた。

政次の脳裏に疑いが湧いた。

秋乃は彦四郎ではなく古村五郎次を死の道連れに選んだか。

（ひょっとしたら秋乃は死んだ父、正三郎の面影を古村五郎次に重ねていたのではないか）

無益なことだ、と脳裏に浮かんだ考えを追い払った政次が彦四郎と亮吉の所に戻ると、

「昔の夢に夢を重ねてもどうにもならないってことくらい、おれだって分かっていたんだよ、亮吉」

「…………」

「夢のまた夢なんてありっこねえんだよ」

彦四郎の声が虚ろに岩畳に響いて消えた。

本書はハルキ文庫（時代小説文庫）の書き下ろしです。

時代小説文庫
さ 8-29

夢《ゆめ》の夢《ゆめ》 鎌倉河岸捕物控《かまくらがしとりものひかえ》〈十五《じゅうご》の巻《まき》〉

著者 佐伯泰英《さえきやすひで》
2009年11月18日第一刷発行

発行者 角川春樹

発行所 株式会社 角川春樹事務所
〒101-0051 東京都千代田区神田神保町3-27 二葉第1ビル

電話 03(3263)5247[編集] 03(3263)5881[営業]

印刷・製本 中央精版印刷株式会社

フォーマット・デザイン& シンボルマーク 芦澤泰偉

ISBN978-4-7584-3442-3 C0193
http://www.kadokawaharuki.co.jp/[営業]
fanmail@kadokawaharuki.co.jp[編集] ご意見・ご感想をお寄せください。

時代小説文庫

佐伯泰英
異風者《いひゅもん》

書き下ろし

異風者《いひゅもん》——九州人吉《ひとよし》では、妥協を許さぬ反骨の士をこう呼ぶ。人吉藩の下級武士・彦根源二郎は〝異風〟を貫き、剣ひとつで藩内に地位を築いていく。折しも藩は、守旧派と改革派の間に政争が生じていた。守旧派一掃のため江戸へ向かう御側用人・実吉作左ヱ門警護の任についた源二郎だったが、それは長い苦難の始まりでもあった……。幕末から維新を生き抜いた一人の武士の、執念に彩られた人生を描く書き下ろし時代長篇。

佐伯泰英
悲愁の剣
長崎絵師通吏辰次郎

長崎代官の季次《すえつぐ》家が抜け荷の罪で没落——。季次家を主家と仰ぎ、今は海外放浪の身にある南蛮絵師・通吏辰次郎《とおりしんじろう》はその報せに接し、急ぎ帰国するが当主・茂智、茂之父子や、茂之の妻であり辰次郎の初恋の人でもあった瑠璃《るり》は、何者かに惨殺されていた。お家再興のため、茂之の遺児・茂嘉を伴って江戸へと赴いた辰次郎に次々と襲いかかる刺客の影！　一連の事件に隠された真相とは……。運命に翻弄される者たちの奏でる哀歌を描く傑作時代長篇。

（解説・細谷正充）